EN LETTRES **D'ANCRE**

DE LA MÊME AUTRICE

JEWISH COCK, Grasset, 2021.

KATHARINA VOLCKMER

WONDERFUCK

roman

Traduit de l'anglais
par Colin Reingewirtz

BERNARD GRASSET
PARIS

Photo de la jaquette : Getty

ISBN 978-2-246-82909-6

Pour Maurizio. Amoureusement.

À la mémoire d'Adeline Stuart-Watt.

« Plutôt que de se suicider, les gens vont au travail. »

Thomas Bernhard, *Correction*

Si un jour vous vous chiez dessus, il y a des chances que cela se produise sur le seuil de votre porte. Tout comme votre chat qui, lorsque vous le ramenez de chez le vétérinaire, devient soudain violent dans sa cage – percevant alors sa liberté imminente et les effluves d'un territoire pour lequel il a livré plus d'un âpre combat –, vos intestins baisseront les armes dès l'instant où vous pourrez imaginer le confort d'une lunette familière. Imaginer la douce sensation d'un dispositif construit pour nos besoins les plus intimes. Le délicieux espace que seule une porte fermée saurait offrir. La quiétude sans laquelle Jimmie se sentait si souvent à découvert. Et à l'image du chat qui ne s'estime plus obligé de se tenir à carreau une fois abrité des contraintes d'un monde étranger, votre corps s'abandonnera lui aussi, conscient que de l'autre côté de la porte, personne ne vous importe suffisamment pour vous priver de la plus abjecte des transgressions hygiéniques. De cette perte de contrôle qui rendrait n'importe qui imbaisable. De cet acte de soumission qui n'excite que les dérangés, les hommes riches qui gavent de curry les travailleuses du sexe pour qu'elles chient plus rapidement. Mais même ces hommes-là ont parfois du mal à bander devant des culottes tachées de merde, car l'échec ne fait jouir personne.

Jimmie observait les cabots et les bébés bling-bling dans le bus qui le conduisait au travail, se demandant s'ils étaient tous équipés de couches spéciales alertant instantanément leur propriétaire en cas d'accident fâcheux. Des couches les préservant de notre peur primale des excréments et des maladies qu'ils véhiculent, cette peur que notre corps nous inspire. L'instinct qui nous fait penser que c'est une chose bien pire que de mouiller ses draps et qu'aucun traumatisme d'enfance ne sera assez bouleversant pour justifier ces taches brunes. Car celles-ci sont réservées aux vieilles personnes abîmées dans les maisons de retraite ou aux gens que Jimmie apercevait parfois sur le trajet du bus. Autant de corps qui avaient perdu la bataille contre leurs propres fluides, n'étant plus qu'à un pas de la misère absolue. Ces taches sont de la couleur de la mort. Des fonctions corporelles défaillantes, momentanément dissimulées sous les fleurs et le chagrin.

Si les choses ont été faites correctement – et qu'il ne s'agit pas simplement d'une strangulation malencontreuse impliquant un porte-serviette électrique –, vous vous chierez dessus si l'on vous pend. Ou si vous vous pendez vous-même, selon les circonstances. La vérité derrière cet ultime bruit de chute sera alors révélée, seulement brièvement dissimulée par le craquement d'une nuque. C'était l'une des meilleures histoires de la mère de Jimmie, celle d'une voisine qui avait échoué à mettre ainsi fin à ses jours au pays. Trop fainéante pour monter sur une chaise et utiliser un crochet, elle s'était contentée de s'écrouler sur le sol de la salle de bains, l'ancienne laisse de son chien autour du cou, attachée au porte-serviette électrique. Jimmie ressentait l'humiliation de cette femme. Il savait que son corps à lui aurait également été trop maladroit pour accomplir cet acte de strangulation apparemment impossible. Son propre poids arracherait le porte-serviette du mur bien avant qu'une quelconque perte de conscience puisse le libérer. Les inévitables fissures révélant la putréfaction des fondations de la maison. Sa mère avait raison. Il n'y avait rien de délicat dans ces ultimes moments ni dans sa détresse actuelle, car il n'y a pas de beauté dans un cœur égaré. Tel un animal nocturne arraché à sa tanière et laissé à la merci des forces qui opèrent le jour, Jimmie avait oublié comment se déplacer avec grâce.

S'il se souvenait bien, il n'avait pas ressenti l'envie de mourir ce jour-là – ou du moins pas au point d'envisager toutes les options possibles ainsi que leurs conséquences sur ce qu'il restait de sa dignité. Mais c'était avant qu'il se retrouve dans ce bus matinal vers son travail, avant que les chiens, les bébés bien nés et les véhicules alentour lui donnent le sentiment d'être pauvre – avant de savoir que ses désirs n'avaient aucun égard pour ses émotions, que les ceintures dans les avions ne sont pas là pour notre sécurité mais pour que nos corps soient plus faciles à identifier en cas de catastrophe.

Au moment même où il tentait d'insérer sa clef dans la serrure, oubliant comme toujours laquelle ouvrait la porte principale, il sentit ses muscles se relâcher. C'était comme si son corps avait décidé de prendre les rênes, de raconter l'histoire sur laquelle son cerveau ne pourrait jamais mettre de mots – de réagir avant même qu'il comprenne ce qu'il s'était vraiment passé dans la chambre funéraire. Jimmie ne s'était jamais senti tout à fait maître de lui-même et comme en guise de preuve, il éprouva soudain un mauvais genre de chaleur entre ses fesses. C'était la confirmation que la vie n'était pas qu'une plaisanterie cruelle, car une plaisanterie cruelle vous donne au moins matière à rire.

Mais il n'y avait rien de drôle au moment où il sentit sa propre merde couler le long de sa jambe, prête à s'échapper pour atterrir sur le paillasson de sa mère tandis qu'il se demandait s'il avait perdu son portefeuille et les cheveux du défunt qu'il y avait soigneusement rangés. C'était avant qu'Elin ait pu lui dire qu'en l'absence de pantalon, une bretelle de soutien-gorge est un meilleur abri qu'une manche de robe ; que tous les élastiques sont des créatures insidieuses et que les poches sont une composante essentielle de la révolution féminine. Il n'y avait pas matière à pleurer non plus, car ce qu'il éprouvait ne relevait pas d'un vrai problème : sa jambe donnerait bientôt l'impression qu'il portait un uniforme nazi négligé en dessous de la vieille et ample robe d'été de sa mère, tandis qu'il se demandait quelles parties de sa déraisonnable alimentation s'étaient à nouveau frayé un chemin vers la liberté.

Tout cela appartenait désormais au passé, un passé aussi lointain que sa jeunesse ou que la dernière fois qu'il avait vu sourire sa mère – inatteignable, tout comme l'idée de plaisir lorsque vous êtes en chemin pour le travail. Ainsi qu'il le faisait depuis de nombreux jours, Jimmie se préparait à devenir la personne que ses collègues s'attendaient à voir, et alors qu'il observait les autres passagers du bus, essayant chacun d'exister dans un espace qu'ils auraient préféré ne pas partager, tentant d'éviter les souvenirs que leurs corps avaient produits, il comprit enfin que tout cela n'était tout simplement rien. Un vide. Une obscurité impénétrable dans laquelle il ne pouvait distinguer que les réactions colériques de son corps envers sa pathétique existence. Rien d'autre que le silence de ses propres ambitions.

Une journée

« Merci d'avoir patienté. Mon nom est Jimmie. Comment puis-je vous aider ?

— Vous avez entendu ce truc avec les requins, comme quoi ils peuvent sentir une goutte de sang à des kilomètres ? J'ai un problème de peau qui me fait me gratter, est-ce que vous pouvez me garantir que je ne risque rien dans les eaux de Mykonos ?

— Vous avez bien conscience que Mykonos est en Grèce, Monsieur ?

— Vous essayez de me dire qu'il n'y a pas de requins dans la Méditerranée ? »

Le rouge à lèvres s'était mis à s'effriter aux commissures des lèvres de Jimmie. Le rouge à lèvres écarlate et bon marché qu'il voulait que voie son amant. Il l'avait volé la veille au soir dans une des nombreuses petites boîtes que comptait la chambre de sa mère, quand il était rentré du travail pour la trouver endormie. Sa mère, la Signora. La veuve la plus veuve d'entre toutes. La dame italienne au nom de famille imprononçable. Bevilacqua. Assoupie la majeure partie de sa vie, effrayée par les couleurs en dehors de sa chambre, à jamais amoureuse de sa propre tristesse – une vie cachée sous la poussière et quelques témoignages non désirés d'empathie. Une tragédie avec son fils pour seul public. Un drame, un gâchis dans un nouveau pays qui ne serait jamais plus que son rêve inachevé.

« Et pour les requins alors ?

— Vous croyez que votre sang a la même couleur que mon rouge à lèvres ?

— Pardon ?

— J'essaye juste de me faire une image. Vous et votre peau meurtrie, la mer d'un bleu profond et le méchant aux dents effrayantes. Aviez-vous à l'esprit un grand requin blanc ?

— Vous vous foutez de moi ?

— Je suis juste une personne très visuelle et puisqu'on nous a formés à prendre les problèmes de nos clients au sérieux, je veux voir ce que vous voyez. À quel endroit exactement avez-vous tendance à vous gratter ? Ne pensez-vous pas que c'est probablement là que le requin attaquera en premier ?

— Espèce de cinglé. »

La voix disparue, Jimmie imagina un nuage de sang se déversant d'un membre sectionné et relativement âgé, avec des morceaux de chair et l'un de ces maillots de bain multicolores tendance flottant à la surface. Des cris sous-marins étouffés par la violence de la mer. Il envia soudain au requin sa liberté de satisfaire ses pulsions et décida de suivre l'exemple de l'animal en coupant son téléphone bien que la première heure de son service ne fût pas encore terminée. Les règles du centre d'appel avaient beau lui interdire de se lever pour se regarder une minute dans le miroir ou de pleurer assis avec son pantalon déboutonné sur l'une de ces lunettes de toilettes branlantes, Jimmie s'en moquait car il voulait qu'aujourd'hui soit une journée différente. Une journée douce. Comme une délicate teinte de rose. Une journée sans souffrance.

Il tenta de dépasser rapidement les rangées interminables d'îlots de bureaux appartenant aux autres équipes de son étage. Des grappes rondes de postes de travail exigus représentaient les différents produits auxquels les gens pouvaient confortablement faire appel à distance – tels leur panier de légumes, la nourriture pour chien, les matelas et le papier toilette. Ou, dans le cas de Jimmie : leurs vacances. L'affiliation de chacun des groupes se manifestait par de ridicules panneaux en carton qui exhibaient le nom d'une entreprise ainsi que son logo et flottaient au-dessus des employés. Suspendus par des fils invisibles, ils planaient comme une menace constante, rouages d'un dispositif prêt à tomber sur tous ceux que l'on prenait en défaut pour leur manque de productivité ou leur piètre service. Les membres de chaque équipe étaient identifiables à leur seul signe d'appartenance à une entreprise, à savoir les différents pulls à capuche qu'ils devaient porter, à l'exception des chefs d'équipe et des managers que l'on autorisait à jouir des conforts de la vie civile tandis que tous les autres avaient l'air, et l'impression d'être, des Télétubbies. Les sweats rappelaient à Jimmie les moutons dont les propriétaires marquent la laine de couleurs vives. En dépassant à présent ses collègues il discerna quelques visages mais la plupart étaient nouveaux et inconnus, bien qu'il eût déjà passé près d'une année chez Vanilla Travels Ltd.

Au moins ne travaillait-il pas à l'étage du dessous, celui de la prospection, où il aurait dû sacrifier ses dernières ressources à faire du démarchage téléphonique, ni dans l'un de ces centres d'appel encore plus misérables à l'étranger. Ses clients avaient besoin de lui même si leur dépendance n'était qu'éphémère, et il ne passait donc pas son temps à se faire insulter et piétiner comme une créature pestiférée. Pourtant il faisait bien partie d'une profusion inépuisable, un tas d'os à qui l'on refusait la moindre dignité. La voix d'une personne invisible hors de ces murs. Même si l'idée de ne pas posséder ce corps lui était parfois très plaisante, il savait que le moment était sûrement venu de faire preuve de courage et d'affronter un monde où ses courbes obèses deviendraient à nouveau une réalité.

En refermant la porte des toilettes derrière lui, Jimmie se souvint qu'il avait convenu de passer sa longue pause du jour avec Elin, son amie suédoise de l'équipe des réservations qui rêvait d'ouvrir une crèche en plein air dans une forêt. Elin donnait toujours l'impression d'avoir le cul d'un chat sur le visage – ses lèvres étaient à ce point serrées, comme si elle avait tenté de donner du plaisir à un sac de citrons. Mise à part l'absence totale de faune à l'intérieur de Londres, Jimmie n'aurait jamais pu imaginer lui confier ses enfants – ils reviendraient sûrement comme de petits êtres bizarres des forêts, avec des barbes précoces recouvrant leur visage –, de sinistres nains de jardin qui refuseraient de chanter et de danser. Peut-être s'agissait-il d'une technique de survie suédoise : nul besoin d'être gai quand il n'y a que vous et ces forêts infinies remplies de jours paisibles et d'élans. Ou d'orignaux ? Jimmie n'avait aucune idée de la différence entre les deux. Elin lui avait un jour montré une image ; ces larges corps sur de maigres pattes lui avaient fait penser à sa grand-mère et à la façon dont elle avait poussé son buste lourd tel un caddie tout au long de sa vie. C'étaient sûrement ses gènes à elle qui lui avaient donné son apparence.

Son visage essayant d'atteindre l'espace entre ses jambes, Jimmie parvint à éviter de regarder l'orange délavé qui était supposé conférer une touche humaine au cabinet de toilette, ce boudoir du salarié moderne avec ses surfaces factices. À la différence du gris, l'orange était profondément convaincu de sa laideur. Jimmie en avait toujours été légèrement jaloux, comme s'il était possible d'être à ce point assuré dans ses imperfections.

Il regrettait que cet endroit en ait vu autant. La façon dont ces murs fins avaient célébré sa défaite. Ses sous-vêtements étant encore frais, il parvint à saisir un relent de sa propre odeur, celle de son détergent et de sa lessive – un rappel qu'il était toujours en vie – tandis qu'il essayait de repenser à sa dernière conversation avec Elin plus tôt cette semaine-là. Elle avait mangé des nouilles végétariennes en pot, celles qui donnaient toujours la nausée à Jimmie. Il était certain que s'il n'avait pas été forcé de quitter l'Italie il n'aurait jamais été exposé à de tels abus culinaires. Maintenant encore, alors qu'il tentait d'enfouir sa tête entre ses genoux, son ventre l'empêchant de produire une forme élégante, il voyait Elin fourrer ces vers de terre glissants dans sa minuscule bouche en cul de chat noyée sous le rouge à lèvres couleur néon.

« Qui est-ce que t'essayes de baiser ? avait-elle demandé.

— Pardon ?

— Ton rouge à lèvres. T'as des plans ? Tu as peur que nos clients te voient enfin à travers le téléphone et ne réservent leurs vacances que s'il y a un peu de stimulation visuelle ? »

Jimmie fit semblant de s'étouffer avec une bite jusqu'à ce qu'elle rougisse.

« Ta gueule, Jimmie. Mais si tu veux vraiment savoir – oui, j'ai un rendez-vous.

— Le mec de l'équipe du panier de légumes ? »

Il se demandait souvent en la regardant si les différentes injections, comme celles qu'Helena avait faites avec si grand succès sur son propre visage, pouvaient aider à soulager le problème de ses lèvres peu alléchantes, mais il conclut qu'en l'occurrence même l'arrière-train d'un vrai chat serait sûrement plus séduisant.

« J'ai eu un seul rendez-vous avec lui, Jimmie.

— Cela a dû être difficile de prendre son pied en parlant des bienfaits écologiques des légumes-racines.

— Très marrant.

— Est-ce que c'est quelqu'un de l'équipe papier toilette cette fois ? Tu apprendras peut-être à gicler sur du PQ double épaisseur parfum pêche.

— Non, et avant que tu commences à fantasmer sur les gens de l'équipe nourriture pour chien, sache que c'est Simon. On va prendre un verre après notre service.

— Notre responsable ? Le rouquin colérique ?

— La ferme. Et tu n'as pas intérêt à en parler à Daniel.

— Ne me dis pas qu'il repasse dans une de ces horribles publicités pour barres granola !

— Ne fais pas comme si tu n'étais pas au courant. »

Les ragots coulaient généralement dans ses veines comme des bulles de confort et de joie mais cette fois-ci, alors que les mots d'Elin commençaient à révéler leur véritable sens, son cœur refusa de calmer sa course.

« Tu veux dire qu'ils ont nommé Daniel chef d'équipe maintenant que Stuart est parti ?

— Tout juste. À partir de vendredi, ton chéri n'aura plus besoin de porter un sweat jaune. »

Tout d'un coup il se sentit inférieur à la minuscule bouche en cul de chat d'Elin, anéantissant le moindre potentiel érotique qu'il eût jamais trouvé à ses propres lèvres charnues. Pourquoi Daniel ne lui en avait-il pas parlé ? Pourquoi l'avait-il fait s'asseoir dans cette cuisine pathétique avec Elin, tous deux ayant l'air de losers dont la seule opportunité dans la vie consistait à baiser ceux qui étaient aux commandes ? C'était comme si la relation avec Daniel était désormais quelque chose dont il fallait avoir honte, comme si sa fierté avait été touchée au mauvais endroit. Alors il visualisa le rouge à lèvres néon d'Elin sur la bite de Simon et toutes les couleurs juraient les unes avec les autres. Quand avait-elle appris à jouer avec toute cette vie sous sa peau ? Comment avait-elle trouvé la confiance de donner le plaisir là où lui-même se sentait uniquement prisonnier du malaise et de l'envie ?

À présent, en écoutant la douce station de radio qui emplissait toutes les zones autour du centre d'appel comme dans une cellule de torture américaine, Jimmie sentait son corps réagir à cette absence de silence. Il sentit ses tissus perdre en résistance tandis qu'il essayait de comprendre comment ses nerfs pouvaient se montrer perfides au point de transmettre toutes ces informations dont il aurait très bien pu se passer ; comment ils étaient prêts à danser alors même qu'il tentait de se contenir ; comment ils le dénonçaient lorsqu'il marchait, enfant, sur une guêpe dans le jardin de sa mère, laissant la douleur remonter jusqu'à son cerveau et enfin dans ses yeux. Si la douleur n'était rien d'autre que le résultat d'une communication fructueuse quelque part dans son esprit, pourquoi ce qui ne se voyait pas ne pouvait-il pas simplement rester dans le noir ? Pourquoi ne suffisait-il pas de saigner des blessures que les doigts pouvaient soigner ? Et à présent, alors qu'il était censé être à son poste dans le coin, à traiter ses emails et appels quotidiens – les paroles de personnes en contradiction avec leur hédonisme, des vacances rendues déplaisantes par le fait de leurs propres attentes –, pourquoi la vie lui donnait-elle l'impression qu'il avait à nouveau mis les pieds dans la furie d'une créature à l'agonie ?

« Jimmie. Tu es à l'intérieur ? C'est Simon. »

Évidemment que c'était lui. Naturellement hostile envers tout ce qui semblait illicite, Simon prenait d'assaut leur dernière part d'intimité – soupçonnant le plaisir là où il ne voulait voir que l'effort. Il était toujours prêt à se mettre à genoux pour compter le nombre de jambes dans un cabinet de toilette et Jimmie haïssait la culpabilité qu'il ressentait à cause de cela. Comme si son corps prenait trop de place, comme si Simon avait le droit d'inspecter ses désirs. Et il n'avait même pas d'eau froide pour se rafraîchir les yeux. Pourquoi ces putains de toilettes ne venaient-elles pas avec un lavabo, un miroir et un peu du luxe qu'il croisait toute la journée dans ses lectures de descriptions d'hôtels ?

« Je suis désolé. Je sors dans un instant.

— Tu es au courant que tu dois me demander avant de prendre une pause, n'est-ce pas ? C'est une grosse journée aujourd'hui et on ne peut pas se permettre d'avoir des gens qui partent ensemble faire des pauses. »

Impossible de ne pas entendre les soupçons, de ne pas sentir une rétractation à l'intérieur de soi.

« Tu es sûr que ça va, Jimmie ? Tu as besoin d'aide ?

— Tout va bien. Juste du mal à m'y mettre, tu vois ? »

Bien sûr que Simon ne voyait pas : il était né avec ce genre d'énergie repoussante qui lui permettait de sauter du lit le matin pour repasser ses chemises. Il ne ressentait jamais le besoin de remettre en question ses érections ou de s'enfermer dans des toilettes orange miteuses parce qu'il ne pouvait pas affronter la perspective d'une nouvelle journée sur cette terre.

Jimmie n'arrivait pas à croire qu'Elin avait accepté d'avoir un second rendez-vous avec lui ce soir-là.

« Je ne m'apprête pas tout à fait à me couper les veines. Et je ne me défonce pas non plus – j'ai un peu plus de goût que cela. »

Autant demander d'être enterré par M. John Nobes, son ancien employeur, propriétaire de pompes funèbres et pourvoyeur des cercueils les plus laids de la ville.

« Est-ce que tu peux juste ouvrir la porte s'il te plaît, Jimmie ? Sinon je serai obligé de faire remonter cet incident. »

Peut-être aurait-il pu reprendre l'affaire et devenir un maître en funérailles. Il aurait pu faire la paix avec les choses matérielles et aurait ensuite eu l'assurance d'être débarrassé une fois pour toutes des gens et de leurs animaux de compagnie. Il aurait pu ne proposer que l'incinération, juste pour être sûr.

« Jimmie ! Tu as raté la réunion ce matin et j'ai vraiment besoin de te parler pendant ta pause aujourd'hui.

— Et si j'ai des projets ?

— Alors je crains que tu ne doives les annuler. C'est assez urgent, je suis sûr que tu sais de quoi il s'agit. »

Jimmie ne s'embêta pas à vérifier son apparence sur la caméra de son téléphone car il savait qu'il ne ressemblait à rien aujourd'hui et qu'il n'était pas prêt pour ce que la lumière de ces toilettes révélerait. Simon était appuyé contre le lavabo en face du cabinet. Dans une autre version de la vie de Jimmie il aurait pu s'arrêter là et regarder droit dans les yeux bleus inquisiteurs de Simon. Il aurait pu y avoir un flirt voire un baiser, un moment de sens et d'intimité. Une première étape vers quelque chose de tendre, ou même quelque chose de brut. Le début de quelque chose de chaud. Mais à la place, il se souvint qu'il portait le rouge à lèvres de sa mère et que tout autour d'eux sentait la pisse et les autres fonctions corporelles. Il ne put rien faire d'autre que de passer à côté de Simon qui n'essaya même pas de cacher sa surprise devant les nouvelles couleurs de Jimmie. Les yeux rivés au sol, Jimmie essayait d'oublier qu'il s'agissait d'un acte de transgression, qu'il avait presque 30 ans et que sa main gauche tremblait à cause d'une pause toilettes non autorisée.

Faire le service de nuit signifiait que Jimmie manquait la plupart des réunions d'équipe matinales au cours desquelles Simon disséquait un ou deux appels que l'on avait enregistrés à ces fameuses fins de formation et de suivi. Ses collègues étaient forcés d'écouter les performances des uns et des autres se faire déchiqueter comme des cadavres de grenouilles. Forcés d'observer les restes de leur fierté se refroidir et s'enlaidir aux mains d'un homme à la lame aiguisée. Parmi tous les appels consignés, Simon parvenait toujours à dénicher l'unique instant où leur niveau de service généralement de haute qualité n'avait pas été maintenu, où un agent du centre d'appel avait manqué de répondre correctement ou de faire en sorte que le client se sente à l'aise. Comme une branlette avec la mauvaise quantité de lubrifiant. Ou le téton d'un cochon sur un morceau de jambon qui anéantirait tout d'un coup les illusions du fast-food.

Certains corps compliquent tout.

Simon était leur sinistre chef, les punissant pour leurs défaillances en les humiliant en public – preuve qu'il devait être en contact régulier avec le client mystère, ce maudit outil de contrôle qualité dans la crainte duquel ils vivaient tous. Le spectre au million de voix différentes qu'ils pouvaient entendre derrière chaque dissonance, là pour les égarer comme des enfants en forêt. Jimmie se le représentait souvent comme une sorcière dans une maison faite de tentations, rêvant de transformer leurs corps fatigués en festin. Simon aimait rappeler à son équipe qu'elle devait être plus docile, satisfaire les gens et ne jamais oublier qu'il ne fallait en aucun cas utiliser le mot « compensation ». Tout ce qu'ils faisaient était un geste de bonne volonté et leurs clients devinaient si on ne les prenait pas au sérieux. C'étaient des êtres sensibles, et il était ici question de compétences relationnelles.

À chaque fois que Simon utilisait ces termes, Jimmie sentait ses parties molles le chatouiller. Il avait horreur de l'exposition publique mais il aimait parfois fantasmer sur la colère de Simon, imaginant d'autres punitions qu'ils pourraient essayer ensemble. Il avait beau soupçonner que certains des appels avec lesquels Simon aimait s'amuser durant ces réunions étaient les siens, Jimmie savait également qu'aussi longtemps qu'il accepterait de faire le service de nuit, ils avaient peu de chances de le renvoyer. Il savait à quel point il était difficile de trouver quelqu'un disposé à travailler vendredi soir et samedi soir, quelqu'un qui, au lieu d'une vie, avait une mère et un chat. Quelqu'un comme Jimmie.

Le fait que Simon l'ait suivi dans les toilettes pour s'entretenir formellement avec lui signifiait qu'il n'était pas question de l'un des appels habituels de Jimmie, de son incapacité chronique à adhérer aux exigences de l'entreprise. C'était la preuve que le bruit de sa dernière aventure avait fait le tour du bureau comme un petit garçon excité, que l'information avait enfin atteint les petites oreilles fermes de Simon et que celui-ci savait désormais ce que Jimmie avait fait dans les toilettes le vendredi précédent.

Faire le service de nuit signifiait aussi que Jimmie était le dernier à arriver et à choisir sa place, forcé par conséquent de composer avec certains des casques en plus mauvais état. Il devait invariablement s'asseoir à côté de Wolf, l'Allemand bizarre aux doigts de pied manquants – une rumeur que Wolf n'avait jamais confirmée ni démentie. Selon l'interlocuteur, il s'agissait soit d'un accident de randonnée soit d'une rencontre malheureuse avec une pièce d'ingénierie allemande. Ou encore d'une malformation de naissance. À chaque fois qu'il regardait les chaussures de marche de Wolf, Jimmie était persuadé que c'était vrai – il pouvait même se représenter les petits moignons momifiés, doux comme les restes d'un pape embaumé, et il avait du mal à voir quelles collines et autres obstacles pouvaient exiger ce genre de chaussures à Londres. Mais peut-être que certains Allemands naissaient spontanément avec des chaussures de randonnée ? Au moins Wolf ne portait pas de sandales. Jimmie frémit en se rasseyant, l'entendant opérer dans son imbaisable langue maternelle, se demandant si les Allemands criaient vraiment *ja* durant les moments d'affection. Le pape lave les pieds d'inconnus et impute cet étrange fétichisme au besoin de faire preuve de pudeur et de dévotion. Mais avant qu'il puisse s'imaginer toucher les petits moignons de Wolf dans une tentative de purifier son âme, son téléphone sonna. Il mit le casque porté par tant d'autres avant lui – le micro était mou et poisseux. Comme voir quelqu'un sortir des toilettes dans lesquelles vous vous apprêtiez à entrer, pour ensuite découvrir la chaleur de leur cul sur la lunette. Ce sentiment que rien n'est jamais vraiment à vous.

« Merci d'avoir patienté. Mon nom est Jimmie. Comment puis-je vous aider ?

— Je me demande si vous pouvez *vraiment* m'aider, Jimmie.

— Je peux certainement essayer.

— J'appelle au sujet de cette offre qui figure actuellement sur votre site, la Virée Romantique au Spa non loin de Bath. Ce que je voudrais savoir c'est comment je peux réserver cette offre pour une seule personne car votre site ne semble pas me donner cette option.

— Vous souhaitez faire une Virée Romantique au Spa toute seule, Madame ? »

Jimmie essaya de se l'imaginer mais au lieu de tous ces clichés de dame à chats, il ne pouvait songer qu'à sa mère. La veuve éternelle tentant de séjourner à l'Hôtel des Cœurs Brisés. Certes, il avait dû avoir un père, mais ce qu'il en restait n'était que l'idée d'une époque où sa mère était probablement différente.

« Je me moque de tous ces trucs romantiques, j'ai juste envie d'un séjour au spa.

— Laissez-moi vérifier rapidement si un autre de nos séjours offre cette option et je pourrai vous mettre en lien avec l'un de mes collègues de l'équipe des réservations. Je ne suis là que pour les réclamations.

— Je crois que vous ne comprenez pas. C'est ce séjour-là que je veux, mais pour moi toute seule. »

Il se la représenta entrant dans la chambre. Quelques pétales de rose bon marché éparpillés sur le lit, le mot amour écrit sur chacun des murs, ses lettres coulant dans les fluides d'un désir infini. Il était difficile de se baiser soi-même au point de sortir de cette situation fâcheuse.

« Vous pouvez toujours réserver l'offre sur notre site et les informer que vous viendrez toute seule.

— Et payer pour deux ?

— Je crains ne pas avoir de meilleure solution à ce stade. »

Jimmie trouvait un certain réconfort dans l'idée que la plupart des couples autour de lui étaient trop fatigués pour se toucher l'un l'autre et qu'ils voyaient leur partenaire depuis si longtemps qu'ils réservaient des weekends romantiques pour surmonter la honte de désirs impossibles à satisfaire – pour prétendre qu'ils mangeaient, baisaient et chiaient dans l'invincible bonheur de leur union.

Cette femme était une vraie rebelle, une héroïne dotée d'un placard entier de sex-toys et de godemichets.

« Est-ce que vous portez une cape dans ces moments-là ?

— Une cape ?

— Désolé. Je me suis laissé emporter. »

Une cape de super-godemichet ornée uniquement des images de ses plus beaux jouets.

« Vous faites donc de la discrimination envers les femmes célibataires ?

— La même politique s'applique aux hommes.

— Vous voyez très bien ce que je veux dire.

— Écoutez, je vais les appeler et voir ce que je peux faire – et ensuite je vous rappellerai. Qu'en dites-vous ?

— N'oubliez pas, surtout. Je crois que l'offre n'est valable qu'encore un jour ou deux et j'ai vraiment besoin de vacances.

— Je n'oublierai pas. Faites-moi confiance. »

Jimmie aimait l'image de lui-même dans une cape de super-godemichet, volant et disparaissant dans le ciel de la nuit sans en avoir plus rien à foutre. Et d'abord pourquoi courrait-il après quelqu'un qui trouvait les lèvres roses d'Elin séduisantes ? Simon était le premier Anglais pour lequel il pensait avoir le béguin. Jimmie ne comprenait toujours pas pourquoi il suivait soudain le désir de sa mère envers ces gens qui n'avaient pas l'air sains. C'étaient eux qui avaient fait de la polenta un gâteau et mis du poulet sur la pizza, et Simon n'était même pas si attirant. Avec sa peau couverte de taches de rousseur et cette coupe grossière de premier de la classe, il donnait presque à Jimmie des érections malgré lui.

« Tu es au courant qu'il y a une liste, n'est-ce pas ? »

Wolf avait retiré son casque et l'avait soigneusement posé sur son bureau. Jimmie était certain qu'il utilisait des lingettes pour se torcher le cul.

« Une liste ?

— Oui. Une liste de tous les hôtels qui offrent des séjours pour personnes seules à prix réduit.

— Désolé. Je l'ignorais.

— Cela aurait dû être abordé pendant tes sessions de formation, mais, avec Helena comme mentor, je ne suis pas surpris que ce soit passé à la trappe. Elle était probablement occupée à envisager ses ambitions théâtrales. J'ai jeté un coup d'œil pendant que tu étais en ligne et en l'occurrence cet hôtel ne propose pas de tarifs spéciaux, donc j'ai bien peur qu'elle ne doive payer plein pot. C'est dommage qu'on ne propose aucune autre option.

— Je pense que tu es un chouïa trop vieux pour devenir gigolo professionnel.

— Ce n'est pas ce que je voulais dire, Jimmie !

— Cela dit je suis sûr que tu pourrais te prendre au jeu et apporter un peu de joie à certaines de ces vies solitaires. »

Il glissa sa langue entre le V qu'il faisait avec ses doigts, ressentant brièvement l'étrange contact avec ses lèvres maquillées. Il devinait que Wolf les regardait en se disant qu'il était encore plus bizarre que d'habitude.

« Tu devrais vraiment essayer d'éviter ce genre d'obscénités sur le lieu de travail, Jimmie. Certaines personnes risquent de mal le prendre, et tu sais bien ce que disent les règles. »

Jimmie savait qu'ils appliquaient la tolérance zéro envers toutes les pulsions humaines et que, selon leur guide officiel, il était préférable de ne pas avoir de corps du tout – d'exister simplement comme un être immatériel qui travaillait dur et ne souffrait d'aucune sorte de douleur ni de désir. Ce n'était pas la première fois qu'il se demandait pourquoi il ne quittait pas tout simplement cet endroit infernal pour ne plus jamais y mettre les pieds. Il devait avoir confiance en la capacité de son corps à écrire sa propre histoire loin des règles de ce bureau – des petits moments de lutte qui deviendraient un jour des souvenirs d'amour.

Il décida qu'il appellerait tout de même l'hôtel la prochaine fois que Wolf ferait l'une de ses pauses pour se torcher à la lingette. Il voulait que la dame aux godemichets écrase ces faux pétales de rose de tout son plaisir auto-procuré et qu'elle n'attende pas que quelqu'un comme Wolf ait son érection annuelle.

Il se pencha légèrement pour que Wolf ne puisse pas le voir par-dessus le petit mur vert censé séparer leurs postes de travail, une illusion d'indépendance sur leur îlot téléphonique. Jimmie n'avait jamais compris ce qu'ils faisaient là ni pourquoi on ne les nettoyait jamais. Était-ce justement le but de la démarche – séparer les gens en leur rappelant toutes les traces que leur corps avait laissées ? Toutes les particules de merde, de transpiration, de poussière et de salive qui s'étaient lentement amoncelées sur ces surfaces. Quelque chose de similaire à de la graisse mais qui avait tellement plus à offrir, qui s'était installé et avait changé de couleur au fil des ans ; quelque chose qui s'apparentait à un résumé de sa vie écrit dans une langue qu'il ne pouvait pas lire mais comprenait malgré tout. Un rappel de tout ce qui ne s'était pas passé comme prévu, de la façon dont ses intentions et illusions perdues s'étaient solidifiées pour devenir le visage qu'il voyait chaque matin. Un visage qui possédait de plus en plus de mentons et ne contenait plus assez de beauté pour susciter le moindre sentiment authentique chez un autre. Un visage qui ne serait jamais en couple ni que quiconque présenterait à ses parents, car ses traits n'étaient pas ceux d'une bonne épouse aux hanches prometteuses. Ces taches qu'il pouvait sentir sur toutes les surfaces autour de lui étaient pareilles aux marques de chewing-gum qu'il voyait tous les jours dans la rue. Les restes de notre faculté de recréer, d'être identifié par les autres ou de les infecter – le début de la vie, sa fin et tout ce qu'il y a entre les deux. Elles étaient l'histoire de tout ce qui avait un jour eu un potentiel érotique mais à présent, dans la lumière pâle de ce début d'après-midi, elles n'étaient guère plus qu'un symbole de l'éternel chagrin qu'il ressentait en songeant à ce qui l'avait amené dans ce monde.

« Tu devrais travailler devant un miroir l'impression que tu donnes en entretien d'embauche. »

Cela faisait un moment qu'Elin remuait ses nouilles en pot au moment où elle avait dispensé ce sage conseil dans la cuisine quelques jours plus tôt. Jimmie n'avait jamais rencontré quiconque ayant besoin de remuer ses nouilles en pot avant de les faire chauffer, comme s'il existait une meilleure façon de s'y prendre qu'en suivant les instructions imprimées sur le côté. Une façon plus sophistiquée qui ne trahissait pas ses instincts primaires, qui vous permettait de croire que vous n'étiez pas assise dans la cuisine commune d'un centre d'appel au sixième étage d'une triste tour d'affaires dans un quartier bas de gamme de la ville.

« Il est important de savoir comment les gens te perçoivent, de te mettre à leur place, même pour les jobs où tu n'es pas face au public. »

Jimmie arrivait tout juste à voir la porte de la cuisine depuis l'endroit où il était assis, et chaque fois qu'il la regardait il entendait la voix d'Elin et sentait toute la nourriture qui avait péri dans le micro-ondes à la poignée cassée. La plupart des choses qui s'y trouvaient avaient jauni du fait d'un excès de contact humain et elles étaient faites de la matière qui inspire la haine de soi. C'était dans la cuisine qu'ils passaient l'essentiel de leur temps ensemble, et il ne lui disait jamais qu'à ses yeux les mots qu'elle employait puaient le vieux Tupperware. Il n'avait pas besoin d'elle pour savoir que leur métier était à l'opposé de celui d'un acteur. Elin et Jimmie étaient des gens sans visage qui suaient dans leur pull et leur pantalon bon marché fabriqués par des gens pas si différents d'eux-mêmes. Des gens privés de la lumière du jour et de dignité. Et tout autour de lui se trouvaient des individus de différentes parties d'Europe qui utilisaient leur langue pour contribuer aux opérations d'une agence de voyages internationale. C'était la seule équipe internationale du bâtiment, composée essentiellement d'Européens qui pour des oreilles naïves sonnaient Français, Allemands, Suédois, Italiens ou Espagnols – mais qui souvent n'en avaient pas l'air car leurs parents avaient émigré d'ailleurs.

Il en allait de même pour de nombreuses équipes anglophones – le centre d'appel était la cachette parfaite pour tous ceux qui avaient l'air différents, un lieu où ils pouvaient travailler sans heurter la sensibilité de l'esthétique dominante. Réduits à leur voix, ils ne pouvaient faire aucun mal. Jimmie se sentait souvent comme l'un des sept nains, travaillant dans une mine putride sur le point de s'effondrer fatalement sur lui tandis qu'il essayait en vain d'attirer l'attention des princes à la surface. En fin de compte il n'aurait plus d'autre choix que de baiser quelqu'un d'aussi laid que lui quelque part dans les bas-fonds qu'on les forçait à partager. Car l'histoire ne permet jamais aux sept nains de satisfaire le prince et personne n'apprécie visiblement l'étendue de son amour pour les chevaliers à l'armure saillante – ou pour deux garçons chevauchant un même destrier blanc. Peut-être Jimmie devait-il se mettre à remuer sa nourriture avant de la chauffer. Peut-être s'agissait-il finalement d'inventer ses propres standards – de faire croire aux autres qu'on ne saurait vous enterrer que dans un cercueil en verre, que le monde devait se préoccuper de ce qui vous restait coincé en travers de la gorge.

Elin avait raison en cela que son diplôme de l'école de théâtre ne l'avait jamais emmené plus loin que des apparitions en tant que clown en compagnie de Daniel lors de fêtes d'enfants, ni que le rôle de proche parent indistinctement sud-européen lors des services funéraires de John Nobes. Nobes avait accroché une annonce dans l'ancienne école d'art dramatique de Jimmie et puisque les parents d'aucun autre enfant n'étaient assez pauvres pour les forcer à répondre, il avait dû composer avec le petit Italien grassouillet. Qu'aurait-il fait de toute façon d'un petit garçon pâle maintenant que la ville était devenue étrangère au point qu'il ne la reconnaissait plus ? Il s'avéra que la complexion méditerranéenne et les cheveux bouclés étaient en réalité assez versatiles. De temps en temps, Jimmie pouvait même être loué pour l'un des cimetières juifs plus au nord. Nobes paraissait satisfait de sa décision moderne et engageait Jimmie au cas par cas en tant que parent endeuillé venu de l'étranger afin d'animer les enterrements peu fréquentés – un service que la maison offrait depuis quatre générations avec un succès mitigé. Nobes lui-même donnait l'impression d'avoir vu toute sa famille mourir d'une overdose de fromage transformé. Jimmie se demandait toujours comment la peau des Anglais pouvait devenir à ce point pâle qu'elle prenait la même couleur que leurs cheveux et que la nourriture qu'ils mettaient devant eux – pourquoi avaient-il aussi peur de manger tout ce qui n'était pas beige ?

À présent, en entendant Wolf balayer des miettes invisibles sur son bureau et en remarquant le flash qui signalait un appel sur son téléphone, il regrettait d'avoir perdu ce travail. Sa mère n'y était pas étrangère, elle qui, après toutes ces années, avait redécouvert son propre corps et décidé de quitter sa chambre pour se dégoter un amant. Elle avait forcément dû trouver un moyen de pénétrer dans son espace à lui et de toucher ses limites comme si elles n'étaient que les vulgaires extrémités d'un monument public, libres d'être frottées par tous jusqu'à atteindre ces couches de peau qui ont l'air fraîches mais ne saignent pas. Rouges comme la fierté d'un boucher. Son incarnation de la tristesse avait surpassé celle de son fils avec une telle force qu'il la qualifiait parfois de brutale, et elle l'avait fait échouer à cet endroit où l'humiliation l'accablait sous tellement de formes différentes qu'il se sentait souvent comme une paillette échouée dans un kaléidoscope dérangé.

Ces trajets sur le siège passager du corbillard de Nobes lui manquaient – le confort des sièges en cuir usagés et la dignité de leur mission. Il aimait parfois imaginer qu'il aurait vraiment pu naître dans cet environnement, vraiment pu être la quatrième génération à émerger de derrière les rideaux discrets du salon funéraire de M. Nobes. L'homme assis à côté de lui aurait pu toujours avoir été là et les choses qu'il éprouvait pour lui auraient pu être justifiées. Le bon comme le mauvais. Il est plus facile d'ignorer les relations dans lesquelles nous sommes nés, et Jimmie se plaisait à rêver de ce que cela ferait de pouvoir considérer l'amour de quelqu'un comme acquis. C'est pour cela que ces instants lui manquaient : ceux où ils décidaient ensemble à quel point il devait sembler triste ce jour-là et de quelle partie du monde son chagrin était censé provenir. Entièrement seul, Jimmie se sentait submergé par la nécessité de jongler avec ses émotions et par la tristesse qui l'accueillait désormais chaque matin lorsqu'il ouvrait les yeux et se rendait compte que sa vie était vraiment la sienne, non celle d'un frère grec perdu de vue ni d'un fils bulgare illégitime. Qu'il n'y avait jamais que son cœur sur lequel il pouvait se reposer.

« Merci d'avoir patienté. Mon nom est Jimmie. Comment puis-je vous aider ?

— Il y a un problème avec la piscine à débordement.

— Êtes-vous aux Maldives ?

— Comment vous le savez ?

— Ils sont connus pour leurs piscines à débordement, Monsieur.

— Mais ils ne laissent pas tout le monde en profiter et chaque fois que j'y vais il y a la queue.

— Et la mer ? Je suis persuadé qu'il y a toute la place qu'il faut à la plage.

— C'est pas pareil.

— Parce que la mer n'est pas à débordement ?

— Vous essayez d'être drôle ? J'ai dépensé beaucoup d'argent pour ces vacances et je veux que ça se voie. Les photos de plage sont bien plus difficiles et c'est pas vraiment mon truc. Vous avez déjà essayé de faire en sorte qu'une plage ait l'air chère ?

— Je crains que non. Je suis plutôt cheap en général. »

Jimmie rêvait de courir se réfugier dans ses toilettes orange et sentir ses nerfs se calmer au son de la chasse d'eau, se retrouver loin de toutes les voix et de leur langue insatiable. Loin de leur obsession pour des îles qui seraient bientôt englouties par la mer à cause de leur train de vie ridicule.

« Vous devriez venir un de ces jours. Prendre un petit mousseux et rendre tout le monde jaloux avec votre Insta.

— J'ai vraiment l'impression d'entendre la mer derrière vous.

— C'est parce que je suis dehors à faire cette maudite queue. Et une fois que ce sera mon tour, la lumière ne sera plus aussi bonne et le mec de l'hôtel n'aura plus envie de prendre des photos.

— La piscine est-elle si petite qu'elle ne peut accueillir qu'une seule personne ?

— Non mais il faut y être seul, que ça ait l'air exclusif. Sinon c'est juste une piscine au bord de la mer.

— Je vois.

— Vous devriez suggérer à l'hôtel de mettre en place un système de réservation – comme cela tout le monde aurait une chance de tirer le maximum du paysage. Mais à ce stade c'est juste le bordel.

— Est-ce que les gens se versent mutuellement de l'acide dans leur crème solaire ? »

Jimmie pouvait visualiser le chaos à l'œuvre. C'en était fini des années où l'on se contentait de réserver une place en y laissant sa bonne serviette allemande et où l'on torturait quelques amis innocents avec un diaporama à notre retour. C'était désormais bien plus immédiat – un monde qui ne se comprenait plus directement mais qui devait être vu à travers des yeux artificiels.

« Écoutez, j'essayais simplement de suggérer un moyen d'améliorer le niveau de satisfaction mais ça n'a clairement pas l'air de vous préoccuper.

— Je souffre parfois de ce que les experts qualifient de perte soudaine d'empathie. Je suis comme un cœur qui aurait besoin d'être ressuscité en permanence.

— Vous devriez trouver quelqu'un pour vous retaper. J'imagine que vous n'avez pas masse de clients heureux.

— Et pourtant il en faut peu pour être heureux.

— Pauvre type. »

Jimmie s'arrêta un moment pour observer la photo de l'hôtel aux Maldives qu'il ne pourrait jamais s'offrir. C'était l'un de ces complexes infinis dotés d'une localisation parfaite en bord de mer, d'équipes irréprochables et de piscines à débordement dont le but pervers était de faire en sorte que les gens qui avaient de l'argent se sentent à l'aise. Alors qu'il entendait toujours le bruit de la mer dans son esprit, il commença à visualiser le reste du décor. Les paysages qui avaient été souillés pour construire ces façades, les habitats déplacés, les créatures que l'on jugeait secondaires dans notre désir insatiable de donner l'impression d'avoir réussi. De rentrer avec un corps plus en forme, bronzé, détendu – et, dans l'idéal, bien baisé. Des pays entiers dépendaient de ce désir et ils avaient dû sacrifier tout ce qui était beau pour que d'autres puissent débarquer en avion afin de s'allonger sur la plage. Le monde parut soudain extrêmement petit à Jimmie. Même s'il voyageait principalement de manière indirecte sur l'écran devant ses yeux, il ne pouvait s'empêcher de soupçonner qu'il ne restait plus grand-chose d'autre que des images de ces lieux idylliques. Les gens en revenaient avec l'illusion d'une expérience, car même les dernières traces de vie sauvage avaient été agencées de sorte à ravir l'œil de l'objectif écervelé d'un appareil photo. Le béton n'était rien d'autre qu'une nouvelle forme de violence. Alors qu'il entendait toujours les vagues, Jimmie rêvait ainsi de plantes qui se frayaient un chemin à travers les innombrables dalles de piscines, ces mosaïques ringardes détruites morceau par morceau, des milliers de petites branches vertes s'élevant dans les airs jusqu'à ne faire qu'un avec le soleil. Jusqu'à pousser par-dessus ce qu'on avait construit pour les torturer.

Le bruit de la mer s'estompa et Jimmie émergea de derrière le muret gris maculé jusqu'à être assez haut pour constater que sa position dessinait des rides sur le front de Wolf. L'histoire ne disait pas s'il avait un jour eu des cheveux.

« Ils ont utilisé un de tes appels pendant la réunion ce matin, Jimmie.

— Dois-je me sentir honoré ?

— Tu devrais t'inquiéter. Surtout que tes appels semblent encore plus bizarres aujourd'hui.

— Aujourd'hui est un jour spécial et je m'assure simplement que le nouveau numéro deux de Simon ait du boulot. Il doit travailler ses compétences managériales.

— J'ai toujours cru que tu aimais bien Daniel.

— Tu l'as déjà vu sans son sweat ?

— Oui, il était là à la réunion. Il était très élégant.

— Tout le monde est beau quand il est nu. »

Wolf secoua simplement la tête et regarda ailleurs, laissant Jimmie à la merci de son prochain correspondant.

« Merci d'avoir patienté. Mon nom est Jimmie. Comment puis-je vous aider ?

— Je déteste la bonne femme dans votre pub.

— Je vous demande pardon ?

— La femme avec la drôle de voix. Je suis obligé de changer de chaîne à chaque fois qu'elle est diffusée.

— C'est regrettable.

— Pourquoi étiez-vous obligés d'en choisir une avec une voix aussi agaçante ? Comment voulez-vous que je trouve ça agréable ? De toute façon, je les préfère sans espace entre les jambes, avec de bonnes cuisses rondes et de quoi s'accrocher. »

Une bite molle et détrempée quelque part sur un canapé, incapable de s'élever au-dessus de couches de coton sale et de désespoir. Jimmie pouvait sentir sa douceur lancinante, comme les membres ballants d'un oiseau mort, et toutes les déclarations qui accompagnent une érection manquée. L'odeur d'une peau non lavée, le goût d'un corps non désiré.

« Avez-vous essayé de couper le son ?

— J'aimerais pouvoir faire ça avec ma femme, juste couper le son. Toujours les mêmes histoires et plus rien à se mettre sous la dent dans la chambre à coucher…

— Je ne sais pas vraiment quoi vous conseiller, Monsieur. Vous êtes au centre officiel de service client, et non en thérapie de couple. Nous sommes là pour aider les gens qui veulent faire une réservation ou bien, dans mon cas, s'ils ont un problème avec leurs vacances. Mais nous ne sommes pas responsables de ce qui se passe en-dehors.

— … et alors vous allumez la télé pour prendre un peu de plaisir et ils en choisissent une toute maigre avec une voix horriblement haut perchée et un de ces chapeaux de paille ridicules.

— Je comprends, mais –

— D'ailleurs, vous avez vous-même une voix plutôt jolie. Et je parie que vous avez de belles rondeurs. Ça vous dirait de continuer à me parler un peu ?

— Je ne crois vraiment pas –

— C'est ça. Juste encore un peu. »

Jimmie retira son casque alors que la respiration se faisait plus profonde à l'autre bout du fil. Il ferma les yeux mais pouvait toujours l'entendre qui venait de petits coussins en mousse crasseux. Un pouls là où il était censé n'y avoir que du silence.

« Tout va bien, Jimmie ?

— Oui, Wolf, désolé. C'est un cinglé, donne-moi juste une minute.

— Tu veux que je prenne le relais ? »

Jimmie acquiesça tandis que Wolf souriait, et il sentit sa propre respiration revenir à la normale en écoutant le plaisir d'un autre homme se faire assassiner.

C'était dans des moments comme celui-là qu'il trouvait l'accent de Wolf presque attachant. Il est impossible de tenir une mitraillette et de garder son sérieux tout en parlant italien, mais on peut commettre presque n'importe quelle atrocité en utilisant ces suites interminables de consonnes qui donnent l'impression que nulle poésie n'a jamais occupé l'espace qui les sépare. Était-ce la langue qui rendait leur fascisme tellement plus extrême ? Qui leur permettait de perfectionner le monstre que son propre peuple avait inventé ? Ce groupe de sons repoussant dont ils ne pouvaient jamais se cacher et qui était venu les hanter – telle une lame de rasoir dans un gâteau – avait-il inspiré ces fameuses pulsions génocidaires, et les avait-il conduits à tenter d'exterminer les Juifs et leurs voix plus mélodieuses ? De même que personne n'a le droit de s'amuser à une fête où l'hôte ne peut pas danser.

Et pourtant il enviait Wolf, lui qui était à ce point ancré dans sa culture qu'il ne pouvait même pas essayer de devenir autre chose. Jimmie se l'était toujours représenté comme ayant grandi dans quelque communauté montagnarde aux mœurs saines au beau milieu des Alpes – en harmonie avec la terre et la tradition que l'endroit avait à offrir, prédisant la météo en fonction de la taille des oiseaux dans le ciel. À coup sûr Wolf n'avait aucune idée de ce que cela faisait d'être traîné enfant dans un autre pays par une mère en deuil et de ne jamais rentrer chez soi. Ni ce que c'était d'avoir une mère qui se transforme en ce pays où vous avez un jour habité, où vous aviez une vie et quelque chose qui ressemblait à une famille. Elle était devenue son unique accès à ce lieu, sa langue et sa nourriture. Wolf ignorait ce que cela faisait quand les habitants du nouveau pays dont vous deviez apprendre la langue, la digérer et l'intégrer en vous, ne voyaient que les choses positives de votre culture. Cette putain de dolce vita que vous étiez censé porter avec vous partout où vous alliez, la version moins snob d'eux-mêmes que vous étiez censé représenter. Cette façon qu'ils avaient de faire de vous une vision de leur propre confort, un espace de projections d'un pays imaginaire. Ils ne comprenaient pas que cela n'avait rien à voir avec vous, que vous ne connaissiez rien d'autre que les yeux tristes de votre mère et cet étrange dialecte dans lequel elle vous avait élevé. Que vous n'étiez pas entièrement formé mais éloigné depuis assez longtemps pour savoir qu'il n'y avait aucune vie à laquelle retourner dans cet autre pays, rien à quoi s'accrocher, rien entre ces deux mondes sur lequel vous auriez pu flotter ni aucun miroir capable de refléter ce que vous voyiez réellement dans votre esprit. La réalité qu'il ressentait mais qu'il ne voyait jamais représentée en dehors de lui-même. Et pourtant sa mère n'avait pas donné l'impression de vouloir vivre dans l'un ou l'autre de ces pays – elle semblait vouloir ne vivre nulle part ailleurs que dans cet étrange for intérieur. La Signora avait toujours vécu au centre d'un dédale dans lequel chaque tournant n'était qu'une variation de sa peine et où Jimmie était à jamais perdu, incapable de prendre le bon embranchement et de trouver le chemin qui lui aurait permis de tuer la bête avec laquelle elle partageait son labyrinthe.

« Tu devrais probablement répondre au téléphone, Jimmie. »

Helena passa derrière lui tout en légèreté, glissant doucement ses doigts dans les cheveux de

Jimmie sans pour autant cesser de discuter. Elle était connue dans tout l'étage car elle possédait un moyen secret d'identifier le client mystère, ce qui la rendait quasi imperméable aux méthodes de Simon. Jamais ses appels n'étaient disséqués durant les réunions du début de matinée et le monde n'était guère plus qu'un accessoire pour elle, quelque chose qui était là pour la mettre en valeur jusqu'au prochain rappel. Elle avait beau appartenir à l'équipe de Jimmie d'où elle sortait les clients espagnols et catalans de leur désarroi, elle ne quittait jamais la scène du théâtre musical qu'elle habitait dans ses rêves. Elle souhaitait uniquement que l'épais rideau violet s'ouvre sur ses formes grandioses, en se moquant bien de l'obscurité dont toute lumière est entourée. Jimmie avait toujours aimé l'idée d'être une créature ailée et pailletée dans son petit univers de corps et de joie. Connaître la liberté de ceux qui sont désirés et non la rudesse de ceux qui désirent. Faire comme si ce qui s'était passé dans les toilettes orange le vendredi précédent ne le faisait pas se sentir encore plus loin du soleil.

Helena était belle malgré le pull à capuche qu'elle portait souvent comme un gilet ouvert ou laissait même parfois accroché à sa chaise, s'assurant que les gens ne passent pas à côté de cette poitrine étonnamment parfaite pour laquelle elle avait travaillé si dur. Jimmie adorait son enthousiasme, le fait qu'elle pensait que son travail était uniquement temporaire, qu'il ne serait un jour qu'une simple anecdote pour divertir les convives lors d'un agréable dîner. Pour elle le futur n'était pas qu'une illusion. De même qu'un chat bien disposé ronronne lorsqu'il a mal, Jimmie se mentit un temps à lui-même avant de se persuader que c'était une occasion à saisir. Et comme un gentil minou, il répondit à l'appel.

« Merci d'avoir patienté. Mon nom est Jimmie. Comment puis-je vous aider ?

— C'est une urgence !

— Pouvez-vous m'indiquez votre localisation, Madame, pour que je vous trouve le bon numéro de l'ambulance locale et des services de police ?

— Ne soyez pas idiot. Je n'ai pas perdu un rein. L'urgence concerne un chat. »

Un chat gris avec des pattes blanches, un gros ventre et ces grands yeux bleus. Une fourrure des plus douces. Jimmie songeait à présent à Henry, se roulant par terre sur le trottoir devant chez lui. Il pouvait entendre son petit miaulement qui sonnait désormais comme une complainte.

« Que lui est-il arrivé ?

— Vous feriez mieux de demander ce qui m'est arrivé à moi. C'est censé être un hôtel de luxe mais je ne vous mettrai pas un bon commentaire, c'est certain.

— Il y a eu un incident avec un chat dans votre hôtel ?

— L'histoire est vraiment très simple. »

Jimmie pouvait se représenter une tenue de vacances blanche dans un lobby d'hôtel sicilien – il pouvait sentir la chaleur et l'attente d'un traitement spécial. Il pouvait goûter la douceur de ces copieux desserts du Sud et la possibilité de quelque chose qui s'apparentait à un souvenir. Quelque chose de spécial. Des serveurs qui vous donnaient un sentiment de chaleur intérieure et un soleil qui raviverait ce qui était une cause perdue depuis bien longtemps. Peut-être même une main à laquelle s'accrocher ou l'attention entière d'un autre l'espace d'un instant.

« Et alors j'ai vu ce chat qui venait vers moi. Je n'ai aucun problème avec les chats, je ne suis pas une ennemie des animaux ou quelque chose dans le genre. Je ne balancerais jamais un chat dans une poubelle comme cette autre folle. Et je me suis dit que celui-ci avait l'air gentil mais quand je me suis penchée pour caresser sa petite tête, il a aspergé toute ma valise en se retournant. Et maintenant tout est trempé avec de la pisse de chat – j'ignorais qu'ils avaient autant de liquide en eux – il m'a même eue sur la jambe. »

Jimmie voyait la solitude qu'elle avait emportée avec elle dans cette valise dans l'espoir de l'échanger pour quelque chose de mieux. Désormais il ne restait rien d'autre que la fin de toute romance dans la Méditerranée, sans aucun charmant autochtone pour la sauver ; le méchant à pelage avait quitté le lobby pour disparaître parmi les siens en marmonnant dans sa course quelque méchanceté dans un dialecte sicilien. Elle ne se doutait pas que le chat l'avait empêchée de se retrouver coincée avec l'un de ces Siciliens qui vieillissent mal et se plaignent sans cesse de la qualité de leur nourriture.

« Je pense que nous devons prendre en compte les circonstances du chat. Je suis plus ou moins italien moi-même et je sais que ces chats-là se retrouvent souvent dans des situations extrêmement difficiles. Beaucoup ont été chassés de leur foyer par des parents perfides – surtout leur mère. Ils sont solitaires et désorientés. Ils ont du mal à passer l'hiver. J'ai l'impression que cet acte de vandalisme était en réalité un appel au secours. La plupart du temps la violence n'est que de la tendresse inhibée et il est probable qu'il ait simplement eu faim.

— Vous pensez que je devrais partir à sa recherche ?

— La nourriture pour chat se dit *mangiare per i gatti* en italien.

— Et si je ne le retrouve pas ?

— Alors vous en trouverez un autre. Il y a plein de cœurs perdus si vous cherchez, et quiconque sauve une vie sauve le monde entier. »

Jimmie adorait ces phrases juives bien senties, et malgré tout le reste, il était reconnaissant que Daniel les partage avec lui car elles le mettaient toujours d'humeur à se laisser pousser la barbe et avoir l'air sage. Si seulement sa mère les avait connues elle aussi – connu la merci et la sainteté de tout cœur qui bat. Il ne lui pardonnerait jamais ce qu'elle avait fait à son petit chat. La seule créature hormis Daniel aux côtés de laquelle il avait aimé être imparfait. La Signora se plaignait inlassablement du fait qu'Henry avait souvent vomi dans ses chaussures et qu'il avait récemment commencé à laisser de légères taches de crottes sur le canapé, et même une fois – lors de l'une de ces nouvelles excursions où elle quittait sa chambre – sur son oreiller. Henry et lui avaient tous les deux été choqués lorsque après toutes ces années, la femme qui avait réussi à transformer Londres en village italien s'était mise à quitter son périmètre d'un kilomètre, poussée par un désir soudain. Et ce même si elle estimait devoir retrouver son amant à des heures indues par crainte de ragots imaginaires, preuve qu'elle n'avait jamais véritablement quitté sa terre natale. C'était simplement l'histoire qu'elle aimait se raconter à elle-même tandis qu'elle continuait de rêver en silence à l'indignation que son pays d'accueil n'était pas prêt à lui offrir – le mieux que pouvait espérer un immigrant, c'était le silence.

Elle ne comprenait pas qu'Henry, lui aussi, s'était senti abandonné. Incapable de rivaliser avec ce vers quoi son cœur à elle s'était tourné, c'était sa façon à lui de chercher son attention et, en somme, de rencontrer son destin. Jimmie n'avait jamais partagé son aversion pour les animaux, toute cette brutalité égocentrique qu'elle avait héritée de sa propre mère, qui ne laissait aucune place pour ces moments plus doux et réduisait ces pauvres créatures à leurs simples fonctions. Aux avantages que vous pouviez tirer de leur chair et de leur pelage. Puisqu'elle ne pouvait pas transformer le pauvre Henry en l'un des vieux chapeaux de la grand-mère de Jimmie, elle se contentait principalement de l'ignorer, le laissant porter son petit cœur derrière elle comme un maigre butin. Parfois Jimmie pouvait se voir en Henry : une personne désespérément obèse essayant d'offrir un cœur que les autres voyaient comme un rat mort. Il était persuadé que si sa mère était restée en Italie, on l'aurait retrouvée bossue et écumant les villages alentour pour noyer les chatons non désirés dans un seau en échange de quelques bavardages et d'un bon verre de vin local.

Jimmie ferma les yeux. Quand il les rouvrit, il vit devant lui le clavier noir brillant. Il savait que l'agent d'entretien n'y touchait jamais et que sous chacune de ses touches se cachait probablement une pandémie différente – il avait fait assez de créneaux de nuit pour être au courant de cette trahison affichée. Cette brèche manifeste dans le désir qu'avait Simon de tout contrôler. L'homme de ménage ne faisait rien d'autre que de vider les poubelles et profiter de la clef spéciale pour boire du chocolat chaud gratuitement au distributeur. Tous les autres devaient payer pour leur soi-disant café italien – tout était fait pour leur rappeler qu'il ne s'agissait pas d'un bureau classique avec du thé et des biscuits à volonté mais plutôt de quelque version du futur que l'on pourrait uniquement qualifier d'enfer, en un peu moins théâtral et sans les trucs pervers. Pas d'orgies avec des larmes glacées et pas d'éternité non plus car, à la différence des autres employés, ils ne bénéficiaient jamais de la consolation de savoir que leur souffrance durerait pour toujours. La beauté du contrat zéro heure signifiait qu'ils pouvaient se faire virer du jour au lendemain, et même au cours de leur exercice. Comme ce Français maigrelet au regard intense que l'on avait renvoyé chez lui quelques jours plus tôt pour avoir regardé du porno pendant les heures de travail.

Jimmie avait eu de la peine pour lui. Il était difficile d'imaginer quiconque baiser un homme nommé Quentin (le besoin de se toucher avait dû être irrépressible). Jimmie n'avait jamais essayé de savoir si le film en question était français ou si Quentin avait daigné tirer du plaisir d'une autre langue. Et si c'était l'une de ces productions kitsch de Los Angeles ? À présent le Dieu vengeur de l'arrogance et du mépris français l'enverrait dans un purgatoire spécialement conçu pour ces fiers dépositaires du langage le plus important de la terre. Il était tombé en disgrâce en se branlant devant ces vulgaires sonorités étrangères, en criant « *yes* » au lieu de « oui ». Jimmie aimait l'image de Quentin dans son propre purgatoire, obligé de regarder des touristes américains avec leurs bérets et leurs marinières, forcé de manger du fromage orange d'Angleterre et de porter une tenue allemande. De préférence une qui contenait du cuir et un chapeau à plume débile car à l'image de la majorité des Français, il méritait son destin.

L'homme de ménage, l'irascible époux portugais d'une irascible épouse portugaise, était parvenu à voler un double de la clef spéciale et saignait désormais la compagnie à blanc sans même recevoir un avertissement. Plus tôt dans l'année, Jimmie avait envisagé de lui demander un chocolat chaud en échange de son silence. Tandis que l'homme tenait l'aspirateur tel un bâton de kendo, un seul coup d'œil vers son visage l'avait convaincu de se mêler de ses affaires. Il fit comme si de rien n'était, en entendant les gargouillis de la machine et de son lait chaud sucré.

Le téléphone semblait à nouveau en train de sonner mais avec Helena partie épauler les nouveaux et Wolf utilisant sa pause de cinq minutes pour déterminer à quel point il pouvait lécher le cul de Simon en démontrant sa fameuse efficacité allemande, Jimmie perdit soudain le sens des événements. Il ne savait plus où terminait son corps et où commençait le monde car le bruit du téléphone s'était mis à le suivre partout telle une armée de pensées possessives. Son travail avait envahi son organisme et il lui était devenu impossible de savoir à quel endroit débutait la partie de lui-même qu'il était censé posséder ni à quels moments il ne faisait qu'effleurer la cage dans laquelle il était contraint de travailler. Qui est-ce qui contrôlait ses membres lorsqu'il se réveillait à six heures du matin un dimanche pour se voir hanté par le bouton rouge du téléphone clignotant devant ses yeux tel un groupe de démons qui danseraient à la ronde, leurs parties génitales surdimensionnées concurrençant les premiers rayons du soleil ? Où était-il lorsqu'il entendait la subtile sonnerie du téléphone tout en essayant de rentrer dans la couverture que sa grand-mère avait tricotée il y avait si longtemps ? Tout se passait à l'intérieur de lui, et là où il était importait peu car il ne pouvait jamais s'empêcher de le voir : la nuit, le matin, lorsqu'il essayait de ne pas être seul, dans le bus qui l'emmenait au travail telle une baleine abattue, dans le hall d'entrée qui ressemblait à la partie triste d'un aéroport, dans l'ascenseur qui l'absorbait et l'aspirait. L'ascenseur qui peut-être un jour s'écraserait et propulserait ses pieds dans sa tête grâce à quelque loi de la physique qu'il ne comprenait pas.

Venait alors le moment de l'arrivée, ce bruit de centaines de voix rivalisant de leurs propres échecs. La douleur de s'enregistrer trop tard et de ne pas être payé pour la première heure car le bus était resté coincé ce jour-là. L'atmosphère d'une cour d'école, son incapacité à tirer son coup écrite sur le visage de tous ceux qu'il croisait. Ses vieilles angoisses chantonnaient tandis qu'il tentait de trouver son poste, passant devant tous ces yeux aussi vides que ceux d'un chat qui se soulagerait sur le meilleur coussin de votre mère. Tout était là, où qu'il aille, il était toujours dans cet ascenseur, son corps vendu pour le salaire minimum et sans congés maladie. Le travail était devenu un fluide à part entière dans son corps et un jour viendrait où il serait criblé de pathologies et devenu aussi laid que la chaise sur laquelle il s'asseyait.

Encore et toujours, le téléphone continuait de flasher.

« Merci d'avoir patienté. Mon nom est Jimmie. Comment puis-je vous aider ?

— Je suis dans cet hôtel chic à Munich, un truc avec Bavarois dans le nom.

— Il semblerait que vous ayez choisi un excellent endroit.

— Je me fiche pas mal de l'endroit. De la ville aussi d'ailleurs, avec tous ces vieux nazis dans leurs fourrures. Ce qui m'importe c'est la chambre. »

Jimmie négligeait souvent les règles et cherchait les gens sur Google pendant qu'il leur parlait mais dans ce cas il n'eut pas besoin. Il sentait qu'elle avait les mêmes rides entre les seins que sa mère, l'un des plus traîtres des signes de l'âge. La peau ramollie et fatiguée. À la différence de sa mère elle avait un port fier et, dans l'esprit de Jimmie, parlait avec ces lèvres parfaitement fausses qu'Helena s'était offerte avec ses dernières économies. Cette femme n'obéissait à aucune de ces lois anciennes sur la fertilité et la honte qui lui auraient interdit de trouver du plaisir au-delà des bonnes années de fonction reproductrice, comme un vieux prêtre odorant qui dissimule sa peau dans une soutane sale par crainte de tenter les dieux. Cette voix-là était différente, libre des couches sombres sans lesquelles sa mère ne pouvait pas vivre.

« N'est-elle pas à votre convenance ?

— C'est un bien grand mot. Les gens ici sont adorables et pas trop allemands, mais la chambre est orange.

— Orange ?

— Oui, orange. Même la papier toilette sent la pêche. »

Un orange criard comme le maquillage d'Helena lorsqu'on la regardait d'en dessous à la lumière des toilettes ? Ou un orange inaccessible comme le coucher de soleil sur cette photo truquée au-dessus de la réception du rez-de-chaussée, prévue pour détourner l'attention des traits ingrats de l'agent de sécurité ? Peut-être un orange rouillé comme les lettres dorées pâlissantes dans le salon funéraire de John Nobes ? Il était difficile de se représenter le décor de cette réclamation.

« Et l'orange n'est pas une bonne couleur ?

— Ça dépend de vos préférences. Je n'arrive pas à me mettre dans l'ambiance si les couleurs ne sont pas bonnes.

— Est-ce que cela rappelle des souvenirs de biscuits au gingembre ? »

Son rire était plein du genre de confiance qu'il aurait voulu que sa mère trouve pour elle-même.

« C'est juste que j'ai eu une très longue journée et je voudrais pouvoir me détendre un peu.

— Et vous ne pouvez pas simplement changer de chambre ?

— Elles sont toutes orange.

— On croirait que vous êtes dans une de ces chaînes de fast-food qui utilisent des couleurs agressives pour dissuader les gens de rester trop longtemps.

— Vous voulez dire qu'ils le font exprès pour être sûrs que les gens gardent leurs mains au-dessus de la nappe ? Vous croyez que c'est un truc catholique ?

— Je suis mal placé pour le savoir, Madame. Je ne suis pas curé, pas même bonne sœur. Pour être tout à fait honnête avec vous, je n'ai même pas été baptisé, mais je sais qu'ils ont choisi l'orange pour nos toilettes pour la même raison.

— Mais ce n'est pas le bon endroit pour se sentir pleinement soi-même. Il faut toujours rester chic. »

Il essaya de sourire face aux recoins les plus sombres de ses souvenirs.

« Souhaitez-vous que j'essaye d'annuler votre réservation ?

— Ne vous inquiétez pas. Je ferai semblant d'être une bonne sœur solitaire. Promettez-moi simplement que vous vous offrirez quelque chose de mieux que ces toilettes orange, d'accord ? »

Sa réponse fut plus proche d'un hochement de tête, sa voix réduite au silence face à cette soudaine attention qui donnait l'impression qu'une mère venait de lui caresser les cheveux. Un geste qu'il avait toujours désiré comme un animal domestique en manque d'affection. Enfant, il avait insisté pour que la Signora lui lave les cheveux. Il affirmait qu'il leur fallait de l'après-shampoing et qu'il redoutait les larmes qui lui venaient à chaque fois qu'il essayait de le faire tout seul. La joie qu'il avait ressentie les rares fois où elle avait accepté, lorsqu'il s'asseyait dans la vieille baignoire rayée et qu'elle se posait sur le bord, massant sur ses cheveux le shampoing aromatisé à la pomme tandis qu'il tenait un gant de toilette humide contre son visage pour se protéger les yeux. Toutes les sensations soudain remplies de chaleur et de confiance tandis que l'eau qu'elle utilisait pour laver ses boucles – sa tête à lui légèrement inclinée en arrière – faisait l'effet d'une étreinte amoureuse. Il avait encore le goût des gouttes qui coulaient du tissu mouillé jusque dans sa bouche souriante et il aimait penser qu'elle lui souriait en retour dans cette salle de bains moisie où il aurait voulu pouvoir rester, à jamais réconforté par un monde qu'il ne parvenait pas à voir.

Jimmie regarda autour de lui et se demanda s'il pouvait imputer ses propres dysfonctionnements à l'état du tapis sous ses pieds, mais les couleurs moribondes semblaient tout à fait indifférentes à ses prétentions. Il n'y avait aucune responsabilité à chercher dans cette éternelle laideur d'un bureau factice où même leur langage n'était qu'une malheureuse tentative d'atteindre une image d'entreprise loin de la réalité de leur salaire hebdomadaire.

Sans avoir besoin de tourner la tête, Jimmie sentit que Wolf avait tout écouté.

« Comment ça tu n'as pas été baptisé – tu n'es pas italien ? »

Il regarda Jimmie avec la curiosité honnête d'un esprit étroit.

« En quelque sorte. Mais je n'ai pas pu me faire baptiser avec mon nom.

— Pourquoi pas ?

— Parce qu'à l'époque, dans mon village, on pouvait uniquement se faire baptiser par notre curé catholique si l'on choisissait le nom italien d'un saint. Et il me semble que saint Jimmie n'a pas été retenu dans leurs bouquins.

— J'ai toujours pensé que ton nom était un peu bizarre. Je supposais que c'était un surnom.

— Non, c'est mon vrai nom. Pas un lubrifiant pour faciliter la vie des autres.

— Ce n'est pas très typique, tu sais ?

— Je sais. Je ne m'appelle pas Giuseppe ou Massimo et je ne suis pas catholique. Ça fait beaucoup à digérer.

— Donc tu n'es pas vraiment italien. Ceci explique cela. »

Jimmie mit sa capuche par-dessus la tête et contempla son vernis à ongles qui datait. Le bleu foncé écaillé paraissait désormais inadapté et il avait envie de quelque chose de plus frais, une teinte de vert clair ou même un violet doux. Une couleur qui savait tout du printemps et de ses moments cachés, qui donnait l'impression de flotter dans une eau claire au-dessus de laquelle les arbres dessinaient les contours du ciel. Il ne savait pas tout à fait ce que Wolf avait soudain saisi à son sujet que lui-même n'avait jamais compris.

L'Allemand bizarre s'exprimait comme si une loi de la nature avait choisi de se révéler à ce moment précis, de baisser son pantalon et de montrer à tout le monde de quoi elle était vraiment faite. Comme si un bout de sagesse venait de tomber d'un arbre pour atterrir directement sur son affreux crâne d'œuf. Il comprenait clairement à présent pourquoi sa propre culture était souvent restée un mystère à ses yeux. Pourquoi il n'avait jamais saisi comment – sinon pour exciter les fantasmes en leur permettant d'avoir un beau jeune homme dans leur chambre – Jésus avait sauvé le monde en étant indigent et nu sur un morceau de bois. Ni pourquoi les Italiens portaient tous le même duvet pendant l'hiver, ni comment il était possible d'incarner une identité qu'il ne possédait pas entièrement. Comment il avait si misérablement échoué dans sa mission d'être le fils de sa mère.

Mais d'abord qu'est-ce qu'un pays, se demanda Jimmie en regardant les employés s'affairer à leur bureau et toutes les différentes langues qui flottaient autour, le murmure de leurs mots virevoltant comme d'innombrables petits oiseaux. Des formations magnifiques mais qui ne révéleraient jamais tous leurs secrets ; une danse que leur langue connaissait dès la naissance, qui leur faisait reconnaître les ailes les uns des autres et s'émerveiller devant leurs pas. Est-ce que chacune de ces volées constituait un pays ? Jimmie aimait l'idée de se voir comme un oiseau obèse essayant de danser avec ceux parmi lesquels il n'était pas né, tandis que ses propres semblables disparaissaient lentement à l'horizon, emportant leurs signes avec eux. Il savait qu'il était impossible de danser avec d'autres oiseaux, que nul ne comprenait jamais l'intégralité des paroles qu'ils prononçaient car dans chaque bouche les mots ont un goût différent. Une volée n'en était une que lorsqu'on la regardait d'en dessous ; sinon c'était simplement notre vie. Jimmie savait que les meilleurs moments étaient ceux où vos pieds lévitent au-dessus du sol : un espace où personne n'a de pays, comme lorsque vous vous réveillez sans savoir où vous êtes. Aucun langage n'était connu entièrement, aucune langue n'était sans variation. Aucun pays n'était une réalité au-delà des frontières de notre imagination.

Il se leva pour s'étirer et sentit la partie inférieure de son ventre glisser hors de son t-shirt et commencer à frotter contre l'intérieur du sweat de l'entreprise. Comme tout ce qu'il avait toujours porté, c'était trop serré pour lui, comme un énième rappel qu'il ne pourrait jamais avoir de look *oversized* et que son corps n'avait jamais été une source de joie. Il ne serait jamais capable de déambuler comme Helena, avec cette confiance farouche de quelqu'un qui pourrait obtenir de n'importe quels prince, curé ou mère qu'ils la baisent. En observant à présent Helena, qui expliquait au nouveau Français installé près du poste qu'il partageait avec Wolf comment incarner pleinement le véritable sens du service client sans regarder de porno au travail, personne n'aurait pu se douter qu'elle avait commencé sa vie comme une jeune fille aisée de Catalogne destinée à reprendre l'empire familial d'élevage porcin et à épouser un homme élégant aux membres sveltes issu d'une famille tout aussi recommandable. Helena était supposée devenir une sorte de reine des cochons locale, élevée sur une terre devenue infertile avec tout cet excès de sang, où le nombre de cœurs d'animaux avait dépassé celui de leurs tyranniques humains, et elle avait décidé de lancer une révolte en leur nom. Elle fut reniée par ses parents après une courte phase rebelle au sein d'un strip club de Barcelone – reniée pour avoir incarné la chaleur du plaisir. Elle n'était plus respectable, mais divine. Elle utilisait son corps pour divertir les autres et attrapa le virus de cet incurable amour de la scène qui faisait scintiller ses yeux, même lorsqu'elle faisait mine de travailler. Elle était donc partie à l'étranger afin de trimer pour ses nouvelles courbes et ses nouveaux traits – mais aussi pour changer de nom et humilier sa famille en travaillant comme une migrante bon marché. Malgré les doutes occasionnels que Jimmie repérait bien souvent sur tous les visages autour de lui – ces petits tressaillements ici et là, des restes d'un monde où l'on ne troquerait jamais le confort et les tissus onéreux pour de vulgaires ambitions –, il percevait toujours en Helena la fierté de quelqu'un qui était sorti du ventre de sa mère prêt à vivre une aventure.

« Qu'est-ce que tu veux, Don Corleone ? T'as besoin d'un autre chewing-gum ?

— J'admirais simplement ton rouge à lèvres. Cette teinte est canon, et tu es tellement douée pour le mettre ! »

Helena sourit de ce petit rictus qui semblait réhausser son nez et il fut incapable de savoir si sa voix était teintée par les commérages ou si elle était toujours assise sur son trésor.

« C'est entièrement grâce à toi qui m'as laissée utiliser tes superbes lèvres. L'entraînement est la clef du succès.

— Je vois ça.

— Et toi alors ! Je vois que tu y as pris goût.

— C'est pour une occasion spéciale.

— C'est vendredi sexy ? »

Le regard dans les yeux d'Helena le rendait nerveux.

« J'ai mes raisons.

— Tu veux que je t'arrange un peu ?

— Je ne suis pas sûr d'avoir du temps libre aujourd'hui.

— On peut utiliser les toilettes des femmes cette fois-ci.

— Je suis désolé.

— Quoi qu'il arrive, n'accepte pas de bonbons d'inconnus. »

Alors qu'elle s'en allait, Jimmie sentit soudain les regrets de son corps filer à travers son esprit et il fut presque content de son rendez-vous avec Simon. Il était conscient qu'Helena savait qu'en vertu de la hiérarchie des corps, il ne pourrait jamais l'entraîner avec lui dans le monde ingrat du chômage. C'étaient toujours les gens beaux de la première classe qui obtenaient une place sur le canot de sauvetage, ces corps dont on avait pris soin. Les traces de l'enfance aisée d'Helena, cette enfance baignant dans l'argent des cochons, étaient encore bien visibles aujourd'hui, et Jimmie savait que face à des accusations identiques, leurs corps connaîtraient des sorts très différents.

Il essaya de remettre son t-shirt par-dessus son ventre sans que personne ne le remarque et se rassit à son bureau.

« Jimmie. Est-ce que tu peux prendre cet appel pour moi et leur dire d'attendre s'il te plaît ? Ma digestion a l'air d'un peu s'emballer aujourd'hui. »

Wolf n'attendit même pas sa réponse et se précipita vers les toilettes – les lingettes pour son cul probablement cachées dans un petit sac en bandoulière en dessous de son pull.

Jimmie s'apprêtait gentiment à décrocher lorsque Simon lui fit soudain signe de retirer son casque et le força à laisser l'interlocuteur replonger dans le vide infini de la file des appels. Jimmie pouvait presque entendre les cris d'un malheureux touriste allemand tandis qu'il se retrouvait aspiré dans le chaos d'une précarité solitaire – Wolf était ce jour-là le seul germanophone au service des réclamations et il faudrait encore un bon moment avant qu'il se considère suffisamment propre pour retourner à son bureau. Bien qu'il ne l'ait jamais suivi, Jimmie pouvait deviner que Wolf avait des habitudes hygiéniques disproportionnées et qu'il faisait probablement partie de ces cinglés qui ne peuvent se soulager qu'en étant intégralement nus.

« Est-ce que tu as déjà annulé tes plans, Jimmie ? »

Simon était maintenant assis à côté de lui, une main sur le petit mur qui le séparait de Wolf, les veines ressortant au-dessus de ses phalanges. À ce moment-là, rien dans son visage ne suggérait du rouge à lèvres rose ni une pipe suédoise devant la maison de ses parents. Il n'y avait aucune satisfaction cachée dans ses traits, simplement la rigueur que Jimmie trouvait excessivement séduisante.

« Désolé, je n'ai pas encore parlé à Elin.

— J'ai vraiment besoin de te voir.

— C'est si urgent que cela ?

— Plutôt, oui.

— Bon, je peux toujours reprogrammer. On était juste censés traîner ensemble, ce n'était pas un *date* ou quoi que ce soit. »

Simon ne retourna pas son sourire.

« Oui, fais ça s'il te plaît. Je viendrai te chercher après mon service et on pourra se parler dans un endroit plus discret. »

Son corps avait quelque chose d'officiel. Tandis que Simon retournait à son bureau avec ce dos toujours très droit, Jimmie l'imaginait examiner des dossiers dans quelque archive secrète ou signer un arrêt de mort. Lorsqu'il pensait à la domination qui se cachait dans ces doigts, il sentait ses lèvres gonfler et ses yeux divaguer. Ses mots trébuchaient les uns sur les autres tandis qu'il tentait de parler tout en se représentant ces phalanges l'attrapant fermement par les cheveux, lui faisant faire des choses qu'il n'était pas sûr de vouloir. Jimmie savait que c'était rarement le cas mais que des miracles se produisaient parfois pour les gens obèses et il s'imagina brièvement que tout ceci n'était rien d'autre que la façon voilée qu'avait Simon de flirter en public – et que Simon s'était rendu compte que Jimmie avait bien plus à donner qu'un Scandinave en bonne santé doté d'une fascination d'adolescent pour les néons et rêvant d'une vie dans la forêt. Partager de l'affection avec un Italien pouvait s'avérer aussi frais et délicat que le *Printemps* de Botticelli.

C'était principalement en raison de son étrange obsession pour Simon, ce mélange de crainte et de dévouement, que Jimmie essayait d'effectuer correctement son travail et qu'il n'en venait pas à consommer du contenu pour adulte à son bureau. Ou pire encore : à y manger. Typique des endroits qui ne s'intéressent pas véritablement à l'hygiène et où l'agent d'entretien se défonce régulièrement au chocolat chaud volé, le centre d'appel possédait de nombreuses règles d'hygiène mais, comme tout lieu d'inconfort officiel, il n'appliquait que celles qui venaient ajouter à l'humiliation de ses employés. S'ils vous surprenaient avec un paquet de chips ou l'une des barres de granola gratuites de Daniel, à défaut de vous raser la tête, ils vous réprimandaient devant toute l'équipe et vous forçaient à jeter vos produits dans la poubelle la plus proche ou à les laisser sur le bureau de votre supérieur jusqu'à la fin de votre service, leur donnant ainsi tout loisir de contaminer votre nourriture avec leurs particules corporelles. Jimmie était davantage terrifié par ce genre de joyeuse violence que par la dissection de ses appels téléphoniques, et la vision de toute l'équipe observant attentivement sa nourriture puis son corps l'empêchait de garder dans son sac ne serait-ce que des pastilles pour la toux. À la place il laissait toujours ses provisions dans le sac à dos d'Elin – son corps svelte risquait moins de se faire prendre.

Au moins les employés de Vanilla Travels Ltd n'étaient-ils pas aussi mal traités que les protagonistes des histoires de Wolf. L'autre jour il avait raconté à Jimmie qu'à l'époque où il vivait encore en Allemagne, il avait dû vendre par téléphone des abonnements à des journaux et magazines – version moderne du harcèlement démodé que constituait le porte-à-porte des vendeurs, des organisations caritatives et des religions. Wolf avait vécu une vie proche de celle des vendeuses des réunions Tupperware, étant contraint d'infliger la douleur afin de payer sa pitance. Il visait les personnes âgées qui acceptaient de souscrire à un dix-septième abonnement au même magazine contre l'opportunité de parler à quelqu'un qui ne se trouvait pas sur leur écran de TV. Les supérieurs de Wolf enrageaient et se montraient agressifs si les employés n'atteignaient pas leurs objectifs et un jour son collègue, un petit homme venu de Roumanie dont Wolf avait oublié le nom, fut enfermé toute la nuit sur son lieu de travail pour le punir de ne pas avoir trouvé le nombre suffisant de pensionnaires crédules que des années de négligence avaient laissés sur de bien raides rotules. Jimmie songeait souvent au petit homme de Roumanie, se demandait s'il s'appelait Alexandru ou Bogdan, si lui-même avait un jour joué le rôle de l'un de ses proches et si un incident similaire, impliquant possiblement un congélateur ou un camion réfrigéré, était à l'origine de la perte des orteils de Wolf.

« Est-ce que tu as pris l'appel, Jimmie ?

— Désolé, Wolf. Simon m'a demandé de laisser le téléphone.

— Espérons que cela ne posera pas de problème pour mes évaluations.

— Qu'est-ce qu'ils vont faire ? T'enfermer du jour au lendemain ? »

Il essaya de sourire mais il détecta dans le visage de Wolf la peur d'être pendu par les pieds et battu avec de vieux magazines people et des morceaux de câbles téléphoniques. Ces ombres qui l'avaient suivi dans sa migration tels des parents non désirés. Jimmie avait beau savoir qu'il ne fallait pas rêver de torture et que ces histoires méritaient sa compassion et son respect entiers, l'idée d'être asphyxié par Simon avec sa ceinture en cuir lui procura une sensation plaisante entre les jambes.

« Tu pourrais peut-être au moins prendre tes propres appels. »

Il détestait ces moments où Wolf boudait, leur îlot commun devenant soudain un lieu de tension et de malaise.

« Merci d'avoir patienté. Mon nom est Jimmie. Comment puis-je vous aider ?

— Il y a un cheveu sur mon oreiller.

— Désolé de l'entendre, Madame. J'imagine qu'il n'est pas à vous ?

— Certainement pas. Celui-ci est long, noir et bouclé. Cela fait bien longtemps que les miens sont devenus gris.

— Vous semblez douée pour repérer les cheveux.

— C'est comme ça que j'ai surpris mon ex-petite amie. Ses cheveux étaient aussi très différents des miens. »

Jimmie se mit à toucher ses propres boucles – elles n'avaient jamais chamboulé la fidélité de qui que ce soit, jamais constitué un indice dans ces énigmes où les émotions se déchaînent. Il pouvait se représenter l'oreiller qu'elle était en train de fixer – du genre de blanc que l'on espérerait trouver dans un hôpital mais qui n'existe que dans les hôtels et ces complexes féeriques qui prennent soin des corps fortunés –, le genre de blanc qui semble ne refermer aucun secret, qui ne craint aucun souvenir car il n'a aucun moyen de s'y accrocher.

« Je sais que ce n'est pas le sujet, mais savez-vous ce que cela fait de se réveiller un samedi matin après avoir voyagé toute la semaine pour le travail et qu'après être enfin rentrée vous vous apercevez soudain que le cheveu d'une étrangère se trouve sur l'oreiller de votre partenaire ?

— Je crains que non, Madame. J'habite encore avec ma mère.

— C'était le moment le plus ridicule de toute ma vie. »

Jimmie pouvait l'entendre avaler ses larmes. Ses trois heures de formation avec Helena sur la façon dont il fallait gérer l'emportement lui avaient appris que face à des personnes agitées, le mieux était simplement de les laisser parler. Aucune émotion n'est éternelle. Pour une raison ou pour une autre, le cheveu qu'il visualisait sur l'oreiller de cette dame était à présent l'une des boucles d'Helena aux couleurs éclatantes – cette teinte de roux qu'elle rapportait toujours de Barcelone et qui était si belle que tout le monde la pensait naturelle. Il pouvait voir la bouclette endosser un pourpre lumineux et presque l'imaginer sourire avec cette assurance qu'Helena avait perfectionnée à l'école d'art dramatique. Jimmie saisit soudain toute la tristesse qu'il y avait à essayer de soigner un cœur brisé dans un spa d'hôtel peu convaincant de la banlieue de Prague.

« C'est comme si tout et tout le monde se moquaient de moi. De mon cul mollasson, de mon drôle de visage, de la façon dont je bois mon thé. Tout chez moi est devenu ridicule. Mais ce sont des problèmes de vieux, vous êtes probablement l'un de ces jeunes gens qui ne croient même plus aux relations.

— J'y crois, Madame – je n'ai juste pas la chance de les pratiquer. Et je vois ce que vous voulez dire, il est difficile de se sentir séduisant lorsqu'on est seul. Mais qu'en est-il de la chambre ? Souhaitez-vous que j'en demande une autre pour vous ?

— Je n'ai pas trouvé d'autres horreurs. Et l'endroit est parfait si vous n'avez pas la moindre intention de visiter la ville.

— À coup sûr c'est simplement une femme de ménage qui a été négligente. Je suis sûr qu'ils ont changé les draps avant votre arrivée.

— Mais que dois-je faire du cheveu ?

— Honnêtement ?

— Dites-moi.

— Gardez-le. Gardez-le et faites comme si vous aviez baisé quelqu'un d'extraordinaire. Il n'y a rien de mal à croire en ses propres histoires. »

Son gloussement lui fit comprendre qu'il pouvait sereinement la laisser seule en compagnie du cheveu échoué d'une femme de ménage tchèque.

Jimmie se pencha en arrière sur sa chaise, cette chose grinçante dénuée d'accoudoirs qui parvenait à peine à supporter son poids, avec son tissu vert bas de gamme usé par les traces des angoisses d'autres employés. Les accoudoirs n'étaient réservés qu'à Simon et désormais Daniel, leur chef d'équipe et son assistant, fiers détenteurs d'un confort rudimentaire. Jimmie se pencha un peu plus encore, sentant que le plastique qui tentait de résister à son corps était sur le point de rompre. Il n'arrivait pas à voir si Daniel siégeait à son nouveau bureau car il était caché par plusieurs écrans qui lui donnaient accès aux performances de chacun. De petits graphiques poussaient chaque jour à partir de rien comme des doigts de zombies qui jailliraient dans un cimetière, mais au moins l'une de ces lignes pathétiques serait marquée du nom de Jimmie et celui-ci était satisfait de savoir que Daniel serait désormais obligé de fixer ces six lettres du regard.

Jimmie ne voulait pas que Daniel s'imagine qu'il le cherchait ni révéler trop prématurément ses lèvres vivement colorées – de la teinte qu'il avait choisie pour lui. Il était partant pour aller discuter avec les autres Israéliens, les copains de Daniel du groupe du panier de légumes qui avaient gagné en popularité en travaillant les jours de fête chrétiens et se nourrissaient tout autant de ragots que les Italiens. Même Simon les rejoignait parfois pour bavarder un peu, surtout depuis qu'ils avaient tous ciblé la même *shikse* taciturne. Jimmie avait entendu le terme à l'un des enterrements juifs pour lesquels M. Nobes avait loué ses services. Il convenait parfaitement à Elin. On avait toujours l'impression que ses ancêtres étaient des blondes amatrices de Vikings qui donnaient naissance à des enfants aux yeux bleus et avec une peau translucide à rendre n'importe quel nazi ivre de plaisir. Le groupe d'Israéliens savait forcément si le rendez-vous d'Elin avec Simon avait été un succès, si cette fois elle avait tiré son coup et trouvé quelqu'un qui serait disposé à partager sa vision d'une vie réussie.

L'ami de Daniel, dont Jimmie n'arrêtait pas d'oublier le prénom, n'avait jamais daigné prendre au sérieux ses sentiments pour Elin, jusqu'au jour où il gâcha leur unique rendez-vous en se montrant incapable d'apprécier l'importance d'avoir un terme pour l'équivalent féminin de branleur. L'importance pour Elin d'être une branleuse assumée. Jimmie comprenait aisément – ils se comportaient comme des expatriés italiens de la quinzième génération, préférant garder les choses dans la famille et, à l'occasion, coucher avec un fruit défendu. Jimmie s'était toujours senti à l'aise lors de ces enterrements juifs, où jamais personne n'avait contesté sa filiation avec la Terre sainte. Après tout l'Italie avait suffisamment de ports pour revendiquer presque n'importe quel héritage. Il adorait porter la petite calotte en écoutant leurs voyelles tristes et bien qu'il n'eût jamais assisté à une Chivah, ces jours de deuil durant lesquels les proches du défunt se réunissent, il ne s'était jamais senti exclu comme c'était le cas avec Daniel. Il n'avait jamais eu l'impression d'être un fruit interdit et s'il avait été plus mince, il aurait pu déchirer sa chemise à l'annonce de la mort de sa mère. Hélas elle refusait de mourir, et sa poitrine ne valait pas qu'on l'expose. Les poils rebelles autour de ses tétons semblaient incapables de décider s'il était voué à devenir un Méditerranéen velu comme Daniel, dont la peau était à jamais protégée par son propre manteau de fourrure. Ou peut-être son système s'était-il ajusté à cet arrachement précoce à sa terre natale et sa pilosité s'en était sentie aussi aliénée que sa langue – Jimmie avait longtemps imputé cela au manque de présence divine dans la nourriture qu'ils mangeaient sur cette île. C'était probablement la raison pour laquelle son corps ne s'était pas développé de la façon dont il l'aurait fait dans l'autre pays, où selon sa mère, même la pire des tomates pourries possédait une personnalité et une palette de couleurs qui vous donnait l'impression d'être vivant.

Wolf était encore en train de se lamenter au sujet de ses évaluations et Jimmie fit donc un signe à Simon pour obtenir la permission de se lever et de traverser l'étage, en passant devant le Danois bizarre en direction du monde plus radieux de l'équipe des réservations pour y trouver Elin. Elle avait le genre de personnalité qui lui permettait de toujours s'asseoir au même bureau du même îlot, se prélassant à la lumière du soleil comme le leader né d'un poulailler ; elle était toujours en haut de l'échelle avec les autres Scandinaves, proche de l'unique grande fenêtre de leur équipe. Son casque avait toujours l'air neuf et même sa chaise semblait moins hostile que celle de Jimmie, comme si elle était faite d'un matériau supérieur. Jimmie se demandait souvent comment elle avait atterri ici et pourquoi elle avait quitté un endroit aussi joli et parfait que la Suède. Alors qu'il approchait son bureau, il voyait déjà qu'elle mordait l'intérieur de ses joues tout en contemplant sa boîte de réception. La façon dont ses lèvres bougeaient sur son visage donnait l'impression qu'elle s'apprêtait à évoluer en autre chose, comme un animal essayant de se défaire d'un vieux manteau en gigotant ou une voiture transformable coincée dans les dernières étapes de sa mutation. Plus elle mâchait plus Jimmie s'attendait à ce que tout son corps emboîte le pas et se mette à trembler selon les mêmes mouvements géométriques. Le contour affûté, presque rectangulaire de ses mâchoires rappelait à Jimmie l'esthétique de sa première Game Boy et il ne put s'empêcher de fredonner certains de ses morceaux. Elin avait-elle fait des bruits de Pac-Man en approchant de la bite de Simon avec ses lèvres roses ? Leurs corps avaient-il émis des sons de concassage comme au Tetris tandis qu'ils baisaient dans les toilettes derrière le bar du rez-de-chaussée ? Leurs membres avaient-ils commencé à disparaître à chaque étape de leur fructueuse union ?

« Tu prends déjà ta pause ? Je pensais qu'on avait dit six heures. Tu sais bien que je ne peux pas rester longtemps. »

Elin ne retirait jamais son casque pour ces brefs échanges et se contentait de rabaisser légèrement son micro tandis que les autres Scandinaves regardaient Jimmie comme s'il était un renard affamé sur le point de bondir sur quelque chose qui mérite de vivre.

« Je suis juste passé pour qu'on décale. Simon a demandé qu'on se parle, je ne pouvais pas vraiment dire non.

— Ah, vraiment ? »

Elle cessa de mâcher.

« Est-ce qu'il a dit de quoi il voulait parler ?

— Il a simplement dit qu'il voulait qu'on aille dans un endroit plus discret. Mais comme ça tu peux aller directement prendre ton verre. »

Elle sourit.

« C'est pour ça que tu portes du rouge à lèvres ?

— Oh, la ferme Elin. Est-ce que tu arrêteras un jour de me voler mes répliques ?

— Est-ce que tu arrêteras un jour d'être une telle garce ?

— Bien vu.

— Tu me diras comment ça s'est passé. »

Elle réhaussa son micro et Jimmie comprit que son audience était terminée. Il était clair qu'Elin ne lui dirait rien et qu'il devrait aller parler aux amis de Daniel dans leurs pulls à capuche verts pour savoir si elle avait eu l'occasion de retirer ces lunettes style années 1950 du visage sérieux de Simon.

Jimmie retourna vers son îlot solitaire, dans le coin délaissé de la cour de récré qu'aucun des corps avantageux ne daignait fréquenter. Il marchait aussi lentement que possible, profitant de la sensation de savoir le regard agacé de Simon glisser sur son dos, lorsque Daniel apparut soudain devant lui. Ses yeux étaient deux teintes plus claires que ceux de Jimmie – d'un marron étrange qui donnait l'air d'avoir un jour été d'une autre couleur. Lorsqu'il fixait ces yeux, Jimmie se souvenait pourquoi certains estimaient qu'on rendait un service aux animaux en les aveuglant dans des situations précises. Daniel aussi aurait gagné à ne pas voir toutes les choses que son cœur ne pouvait supporter.

« Jimmie ! *Hamoud.* Comment vas-tu ?

— J'ai failli ne pas te reconnaître dans ta nouvelle tenue.

— Toi aussi tu as l'air différent. »

Sa voix avait pris une tonalité nouvelle, plus officielle, comme celle de Simon. Dans une autre langue, il aurait probablement basculé vers un registre formel pour dissimuler la gêne qu'il ressentait sous sa nouvelle chemise.

« Je suis surpris que tu remarques mes superbes nouvelles lèvres.

— Jimmie.

— Étant donné ta nouvelle importance.

— Pas devant les autres, je t'en prie. C'est mon premier jour. »

Jimmie pouvait déceler une douleur irrésistible dans les yeux de Daniel, une souffrance que seuls ses pigments réussissaient à exprimer aussi joliment.

« Bien sûr que non. Nous savons tous que tu es un homme très discret.

— Écoute –

— Ne te fatigue pas. Tu n'as rien à craindre de moi mais il faut que je retourne à mon bureau, sinon tu risquerais de devoir me donner un avertissement. »

Jimmie essaya de prendre l'air occupé mais il se savait mauvais acteur. En même temps il s'était principalement produit devant des morts. Il s'en alla sans regarder à nouveau dans les yeux de Daniel ; il décelait le retour de sa tristesse du matin et voulait éviter que Daniel la remarque.

« *Ach*, Jimmie. Il y a un appel qui t'attend depuis plusieurs minutes et je me suis dit que ça te dirait de t'en occuper toi-même. »

Wolf ressemblait toujours à une version bas de gamme du comte Dracula lorsqu'il essayait de se montrer enthousiaste et Jimmie se dit que la paix entre eux avait été rétablie.

« Merci pour l'info, Wolf. »

Jimmie s'assit, presque soulagé de ne rien voir d'autre que le flash du bouton rouge.

« Merci d'avoir patienté. Mon nom est Jimmie. Comment puis-je vous aider ?

— Ils nous interdisent d'être nus par ici. Ils prétendent que c'est un hôtel familial.

— Et vous êtes actuellement vêtu ?

— J'ai pensé qu'il n'y avait pas de risque à être nu sur mon balcon pendant que ma femme faisait une petite sieste. »

Jimmie faisait de son mieux pour résister aux images que faisait apparaître cette voix agréable de quinquagénaire mais celle-ci le collait comme un rideau de douche mouillé. À ce stade il préférait presque les voix malpolies à celles qui l'entraînaient dans la chaleur de leur chambre d'hôtel ensoleillée en ces fins d'après-midi où les touristes essayent de baiser pendant les préparatifs du dîner et autres soi-disant divertissements. Il était tenté de raccrocher et de se cacher dans les toilettes le temps que le couple nudiste de l'hôtel familial ait été géré par quelqu'un d'autre.

« Et comment puis-je vous aider ?

— Ma femme et moi, on se soucie de notre bronzage, si vous voyez ce que je veux dire ?

— Je crains que non.

— Homogène. C'est ce que l'on recherche. Un bronzage homogène, devant, derrière et en particulier en bas. Mais maintenant le manager de l'hôtel nous a dit qu'on ne pouvait pas être nus dans la zone de la piscine à cause des enfants. Et il n'y a même pas de plage nudiste à proximité. »

Jimmie sentit une légère nausée remonter dans sa gorge. Il dut se forcer à garder les yeux ouverts pour l'aider à combattre cet assaut d'intimité non désiré qui ne s'était frayé un chemin jusqu'à lui que par le biais d'une combinaison de chiffres et du destin. Cet étrange système de codes et de boutons qui reliait les gens partout dans le monde et nous rendait tous accessibles via des câbles qui reposaient au fond de l'océan. Le monde semblait infiniment petit et pourtant Jimmie trouvait cette image réconfortante, celle de sa voix située quelque part dans l'obscurité impénétrable des abysses de la mer bleu foncé, une éternité de liberté entre l'autre extrémité et lui. Un monde entier de créatures inconnues qui lui revenait soudain à l'esprit en songeant à son rendez-vous avec Simon et la fin possible de sa carrière de petit téléopérateur faisait à présent figure de rayon de soleil imprévu dans une forêt sous-marine.

Un premier signe qu'il pourrait aller rejoindre les créatures inconnues si tel était son souhait. Il y aurait désormais de la place pour lui dans l'obscurité des profondeurs.

« Je ne sais pas tout à fait comment nous décrire au mieux mais nous sommes une agence de réservations assez généraliste. On ne s'occupe pas de ce genre de besoins spéciaux.

— Est-ce que vous essayez de dire que ma femme et moi avons des besoins spéciaux ? On n'est pas en train de demander une rampe d'accès handicapés.

— Non, Monsieur, je voulais simplement dire qu'on ne propose pas de vacances "spéciales" dans notre programme – ni nudisme, ni cours de tantra, ni taxidermie de papillons, ni jeux d'évasion ni rien de tout cela.

— Donc vous pensez que je suis un pervers ?

— Je n'ai jamais dit cela. J'essayais simplement de vous expliquer la politique de l'entreprise. Votre requête est simplement un peu trop spécifique pour nous, et par ailleurs nous conseillons à tous nos clients de vérifier les conditions de l'hôtel avant de réserver.

— Mais maintenant on est là. Que voulez-vous qu'on fasse ?

— J'imagine qu'ils vendent des maillots de bain à la réception ou près de la plage. Sinon vous pouvez essayer d'enfiler une chaussette ?

— Nos préoccupations sont légitimes et je n'apprécie vraiment pas votre ton. »

Jimmie ne put s'empêcher de couper son micro un instant. Wolf le fixait du regard tandis qu'il se mettait à rire pour la première fois depuis plusieurs jours. Il n'avait jamais compris pourquoi il importait d'être bronzé sachant que le fait d'avoir la peau naturellement sombre était accueilli avec autant d'hostilité. Et l'idée d'un type anglais avec une pauvre chaussette de tennis sur la bite déambulant dans un complexe familial en Sardaigne dans le souci d'obtenir un bronzage que sa peau ne pourrait jamais conserver était tout simplement intolérable. Il lui fallut presque une minute pour se calmer.

« Je suis désolé mais j'ai dû en parler avec mon collègue du service des complexes hôteliers. Bien que nous soyons nous aussi grandement préoccupés par les traces de bronzage sur votre postérieur, je crains que nous ne puissions rien faire à part vous conseiller d'acheter un maillot de bain ou de passer vos vacances à l'intérieur. Mon collègue me dit que vous pouvez également bronzer à travers une fenêtre vitrée – évitez juste de rester trop près, les enfants risqueraient de vous voir. Nous espérons que vous profiterez du reste de vos vacances. »

Il raccrocha avant que Muppet-bite puisse dire quoi que ce soit.

« J'ai failli oublier de le mentionner – Daniel te cherchait pendant ta dernière pause. »

Wolf jugeait manifestement préférable de ne pas évoquer cette soudaine éruption d'humour au cas où elle s'exprimerait à nouveau. Chaque petit silence venait rappeler qu'un rire incontrôlable était un stigmate de l'anarchie.

« Est-ce qu'il a dit ce qu'il voulait ?

— Non. J'ai peur qu'il veuille à nouveau regarder des photos de ton chien.

— Mon chien est un chat. Et ne t'inquiète pas, on s'est croisés et il n'y a plus de photos de Henry à montrer.

— Tant mieux. Il est peu convenable pour un homme comme Daniel de passer autant de temps avec toi et tes photos de chat. Et tu peux faire mieux que cela, tu n'es pas obligé de te cacher derrière un animal idiot. »

Wolf retourna à son écran, laissant Jimmie seul avec l'impression d'avoir trébuché sur le trou qu'occupait autrefois un arbre.

Ils avaient parfois regardé des photos de Henry ensemble et Jimmie se moquait que ce ne soit pas un comportement approprié selon Wolf. Que savait-il de toute façon, avec ses lingettes pour le cul et ses chaussures austères ? Devenir adulte n'était simplement pas une option. Lorsque Jimmie songeait à son futur il ne voyait jamais de nouveautés, seulement son vieux corps altéré par l'âge et le déclin, sa peau pliant sous son poids. Ses poumons écrasés sous sa poitrine et son salaire toujours trop faible pour s'offrir un lave-vaisselle. Lorsqu'il se regardait dans le miroir, son reflet n'était pas l'un des visages heureux qu'utilisait sa banque pour tenter de l'attirer vers la dette, un visage incarnant la stabilité ainsi qu'une relation approuvée par l'État. Ce n'était jamais le visage de quelqu'un qui vivait avec sa mère, attendant sa mort comme seul espoir d'une quelconque indépendance. C'était celui de quelqu'un qui enviait le visage de sa propre mère car même après toutes ces années passées à baigner dans le chagrin, il pouvait encore attirer l'amour.

Jimmie n'avait plus envie de parler de tout cela avec Daniel, surtout pas du chat, mais s'il restait silencieux il avait peut-être une chance de s'en tirer en faisant comme si rien ne s'était jamais passé. Connaissant Daniel, celui-ci se mettrait simplement à lui répéter des paroles pour le motiver. Il lui rappellerait les bons moments qu'il pensait avoir partagés lorsqu'ils se produisaient en tant que clowns pour la progéniture des gens riches. Il lui dirait qu'il s'agit d'une étape naturelle dans n'importe quelle carrière d'acteur. Daniel ne mentionnait jamais que des corps comme les siens apparaissaient rarement à l'écran, qu'ils n'inspiraient pas de désirs commercialement acceptables. Jimmie ne voulait pas repenser à cette fête d'anniversaire cet été-là ni à ces enfants. Il n'était pas assez méditerranéen pour partager leur enthousiasme et ne se remit jamais de la déception de voir leur véritable laideur – des gosses du genre à boire des ersatz de café pour enfants et qui donnaient l'impression d'avoir été mis au monde par une bouillotte ; des petits visages qui puaient d'ores et déjà les privilèges et la lassitude née de l'excès de choix. Et pendant ce temps-là Daniel et lui dans de pauvres costumes de clown essayant de combattre la chaleur de cette journée d'été. Jimmie était certain que Daniel avait utilisé son sourire des fêtes d'enfants pour atteindre sa nouvelle position, agissant comme s'il portait encore ces épaisses couches rouges et blanches de maquillage de clown. Mais ce jour-là la chaleur était devenue une réalité et Jimmie avait découvert ce qui se cachait en dessous. Loin de tout, Daniel souriait comme un amant qui sait que l'amour n'opère que rarement dans deux esprits en même temps, et Jimmie regrettait de ne pas avoir été en mesure d'apprécier les subtilités de cette mélancolie.

Aussi las que d'habitude, Jimmie plongea la main dans sa poche et y trouva le chewing-gum de la semaine précédente – un petit cadeau d'Helena. Et vu qu'il croyait que la tentation était un signe de Dieu, il profita du creux passager de l'après-midi pour se faufiler dans la cuisine et savourer le plaisir le plus dangereux du centre d'appel. La cuisine était à peine moins hostile que les toilettes. Dotée d'une fenêtre, elle ne sentait ni la pisse ni le malheur ; Londres était visible au loin, comme une mariée dont il n'aurait jamais vraiment le droit de tenir la main. Il était impossible d'y être seul car elle était ouverte à tout l'étage et qu'il s'y trouvait toujours au moins deux personnes inconnues, parlant une langue qu'il ne comprenait pas. Jimmie se demandait toujours ce qui les avait amenées jusque-là, pourquoi elles avaient quitté leur langue et leur mère et décidé de s'établir ici.

Il sourit en regardant les deux femmes tenant des tasses entre leurs doigts fins, bavardant comme si leurs vies importaient. Il savait qu'il y avait une forme d'expression du libre arbitre derrière le fait de vivre dans une chambre hors de prix à l'étranger, un certain ravissement dans le choix d'être misérable ailleurs que chez soi et que, tant que c'est vous qui prenez les décisions, vous trouverez toujours un moyen de vous en sortir. Telles étaient les illusions nées de la dignité d'un esprit vulnérable, tout comme sa mère avait cru que son cœur pourrait à toujours rester en un morceau.

Jimmie ayant toujours eu peur que la chaise en plastique pliable s'écroule sous son poids, il s'appuya simplement contre le mur en contemplant par la fenêtre les dernières heures d'une journée londonienne. Plaçant lentement le chewing-gum sur sa langue, il savoura la douceur de cette transgression et ses pensées se tournèrent vers le vendredi précédent tandis que le goût artificiel se mouvait sur sa langue comme une créature invertébrée.

« Tu es prêt pour une petite pause toilettes avec moi ? »

Helena souriait à Jimmie, pinçant les lèvres avec cet accent dont il était si friand. Lorsque les Espagnols s'exprimaient il pouvait toujours entendre leur langue et lorsque Helena discutait en catalan avec ses amies au téléphone, Jimmie pensait toujours à de minuscules hélices d'hélicoptère tournant dans sa bouche – sa langue ayant l'air tellement occupée qu'il avait du mal à se concentrer. Quand elle parlait anglais, il entendait tout de même sa langue qui battait le rythme de son discours, son accent mille fois plus subtil que les lourdes terminaisons italiennes de sa mère.

« Je suis toujours prêt pour toi.

— Allons-y alors. C'est ma dernière pause de la journée. Après cela je dois filer me préparer pour ce soir. »

Jimmie voyait clairement qu'elle était dans son humeur habituelle du vendredi – son corps scintillant déjà des mouvements de la nuit. Helena ayant déjà vaincu le client mystère, Jimmie pouvait se contenter d'ignorer Simon et de suivre le derrière parfaitement sculpté d'Helena jusqu'aux toilettes, où elle avait accepté de lui faire un tuto rouge à lèvres pour le préparer à un casting. C'est en tout cas ce qu'il lui avait dit.

« Hommes ou femmes ?

— Comme tu le sens.

— Soyons des garçons dans ce cas. Il y aura moins de passage même s'il se peut que Simon nous interrompe. »

Elle l'avait pris par la main et tiré derrière elle.

« Qui sait ? Peut-être qu'il s'organise ses propres pauses toilettes secrètes ici.

— Simon ? Ne dis pas n'importe quoi. Je suis certaine que le truc le plus fou qu'il ait jamais fait est d'imaginer une fille mettant un doigt pas loin de son trou. Je connais les hommes dans son genre – imagine-le dans dix ans avec sa petite femme proprette et des premiers signes de calvitie. Il n'y a vraiment rien d'excitant chez lui. Ces gars-là ne baisent jamais plus loin que dans le jardin devant la maison de leur mère.

— Tu as essayé ?

— Chéri. Je t'en prie. Qu'est-ce qui ne va pas chez toi ? Les hommes ont neuf érections par jour en moyenne – tu ne peux pas t'attendre à être au centre de chacune d'entre elles. »

Il aimait lorsqu'elle parlait comme une grande sœur et il s'imagina brièvement une vie dans laquelle de tels moments de tendresse ne sembleraient pas immérités. Il avait beau être timide quand quelqu'un le touchait, il la laissa lui attraper le menton.

« Oublions Simon et parlons de tes lèvres. Ça fait un bon moment que j'ai envie de jouer avec. Tu dois les garder humides si tu veux que les gens remarquent ce charmant arc de Cupidon. Tout est dans les lèvres – tu sais bien qu'ils ne parlent toujours que des seins et des dents, mais je pense que tu peux tout faire avec les lèvres. Surtout lorsqu'elles sont belles et dodues comme les tiennes. Maintenant regardons si on peut les rendre douces. »

Helena le poussa dans l'un des cabinets et lui dit de s'asseoir avant de fermer la porte derrière eux et de fouiller dans sa trousse à maquillage. Il avait toujours aimé ces pochettes faites de faux cuir et de velours usé, les multiples couches de poussière d'origines diverses qui les recouvraient, les traces de paillettes qu'elles laissaient souvent derrière elles et les douces odeurs d'enfance des différents produits, qui étaient tous le résultat d'une aspiration au contrôle – à la capacité de définir les règles selon lesquelles les gens voyaient votre visage. Cette croyance qu'en appliquant ces différentes couches de couleurs et de crèmes, de beaux ramoneurs se mettraient à danser sur le toit au rythme de votre propre imagination. Un peu comme Mary Poppins avec son sac à main, le contenu d'une trousse de maquillage pouvait absolument tout faire.

« Détends tes lèvres. Ne fais pas la moue – il n'y a que nous deux ici. Laisse-moi les adoucir un peu et enlever les parties sèches. »

Après avoir frotté la bouche de Jimmie avec un mouchoir humide, Helena était désormais en train de masser lentement ses lèvres avec un baume. Jimmie était ravi de pouvoir s'abandonner à ses mouvements délicats et à l'égratignure occasionnelle de ses ongles violets.

« C'est pour stimuler la circulation du sang. En gros tu as le droit à une érection gratuite. Tu sais comme les filles gonflent lorsqu'elles sont heureuses. Mon grand-père m'a dit un jour que les femmes pauvres chez nous à Barcelone avaient l'habitude de frotter un peu de piment sur leurs lèvres – tu imagines comme ça doit faire mal ? »

Elle rit et Jimmie vit qu'elle était particulièrement excitée, que son corps était prêt pour quelque chose. Il voulait lui demander quels étaient ses plans pour la soirée mais se contenta de respirer l'odeur de ses cheveux et de sa peau. Il n'avait jamais remarqué qu'elle s'hydratait avec des produits au cacao et il fut submergé par une sensation chaleureuse de confort corporel, comme un animal qui aurait mangé sans retenue.

« Maintenant écoute. Ne commence jamais directement avec du rouge à lèvres ou un crayon à lèvres. C'est toujours une erreur car tu dois d'abord appliquer une fondation. J'espère que tu n'es pas chatouilleux. »

Elle se mit à poudrer les lèvres de Jimmie avec un peu de sa couleur à elle.

« Notre peau est presque la même donc ça devrait fonctionner. Je me dis toujours que tu dois avoir du sang sicilien pour avoir une peau aussi foncée. Et même tes cheveux. C'est des cheveux siciliens, les Italiens n'en ont pas d'aussi beaux d'habitude. »

Il aimait l'excitation d'avoir les mains d'Helena dans ses cheveux et son pinceau sur ses lèvres, celle de partager un objet aussi intime. Certaines des particules de sa peau se mélangeaient désormais aux siennes.

« Tu as vraiment un bel arc de Cupidon. Tu le tiens de ta mère ou de ton père ? »

Un des doigts d'Helena se déplaçait maintenant lentement sur sa lèvre supérieure et Jimmie s'imagina le sucer, mais il n'aimait pas ces ongles violets. Ce n'était vraiment pas la bonne couleur pour une érection et le contraste était étrange avec l'orange des murs des toilettes.

« Je ne crois pas que cela vienne de ma mère, et je ne sais pas vraiment à quoi ressemblait mon père.

— Ça alors ! Ne sommes-nous pas tous les enfants d'une putain ? Mettons donc du crayon à lèvres, fais attention à bien prendre une teinte légèrement plus sombre que ton rouge à lèvres. Et n'aie pas peur d'en mettre trop – tant que le tout est bien humide tout ira bien. Et pour que ton arc de Cupidon soit parfait on va faire une petite croix juste au-dessus, histoire que les lignes soient symétriques. Et droites.

— On est en train de jouer au petit garçon et au curé ?

— Ne parle pas mon chéri. On n'a pas besoin de mettre des cendres sur le front – c'est l'heure de laisser tout cela derrière nous. »

Jimmie n'avait jamais été aussi proche d'un corps si parfait, et cela faisait du bien de se sentir guidé par elle. À coup sûr Helena n'avait jamais été la dernière choisie par une équipe dans un cours d'EPS, et si les Égyptiens antiques avaient raison et que les os des dieux étaient faits d'or, alors Helena brillait de l'intérieur.

Le temps qu'elle finisse d'appliquer une dose très généreuse de son rouge à lèvres Romance du Cerisier en Fleur et qu'elle ajoute quelques touches finales avec son pinceau, Jimmie s'était convaincu qu'il pourrait essayer de devenir quelque chose pour elle.

« Tes lèvres sont vraiment bien maintenant, Jimmie. Elles sont parfaites. »

Elle se pencha en avant et s'apprêtait à dire autre chose lorsque Jimmie regarda soudain par terre et vit que le cuir de ses bottes était si fin que ses orteils transparaissaient. Vit qu'elle était tout simplement comme eux – pauvre, un peu pathétique et animée par l'illusion que quelqu'un découvrirait un jour son existence. Ses ongles étaient faits de plastique, la couleur de ses cheveux résultait d'une réaction chimique délibérée et son esprit était empli d'un vieux fantasme, celui de faire changer un homme comme lui. Il souhaitait être un de ces martyrs que l'on avait brûlés vivants, et que sa constante disgrâce serve au moins à quelque chose.

Le profond sourire d'Helena disparut soudain lorsqu'on frappa à la porte, le verrou lâche tremblant telle une promesse perdue.

« Les autres toilettes sont bloquées, vous en avez pour longtemps ?

— On met juste un peu de maquillage.

— Vous ne devriez pas utiliser les toilettes femmes pour faire ça ?

— On est une sorte de couple mixte. »

Elle se mit à rire avant de se retourner et d'ouvrir la porte, son corps délicat incapable de protéger Jimmie de la vue de Daniel. Il était alors vêtu de son sweat jaune, ses courbes désormais plus visibles que sous ses élégantes nouvelles chemises, et de l'endroit où Jimmie était assis, sur la lunette branlante, il était beau, avec quelque chose dans les yeux que Jimmie n'avait encore jamais vu. Il baissa à nouveau les yeux, par trop conscient de la quantité absurde de couleur sur ses lèvres.

« C'était censé être une surprise, fut tout ce qu'il parvint à dire une fois qu'Helena fut sortie et que Daniel eut doucement refermé la porte derrière eux.

— Une surprise ?

— Tu as dit que ça te plaisait.

— Tu as conscience qu'on est au travail ?

— Tu préfères les crèches de gosses de riches ? »

Il fit un pas de plus en avant et alors Jimmie leva les yeux, certaines de ses boucles noires collant à ses lèvres et cette nouveauté dans le regard de Daniel se faisant plus décidée. Jimmie rougit comme une fille soudain consciente de ses atouts.

« Tu es très dangereux, mon ami. »

Jimmie aurait voulu profiter de la réalité du désir de Daniel, du sang qui affluait, enfin là pour lui. De ses hanches qui demandaient à pousser vers l'avant. Jimmie savait qu'il avait souhaité sentir ses doigts dans ses cheveux, ouvrir la ceinture sous son pull et baisser ses sous-vêtements rayés. Tendre les mains vers ses fesses et respirer l'odeur inconnue de sa bite. Toucher ses testicules qui, étrangement, paraissaient trop petits. Pourtant il n'était pas tout à fait prêt lorsque Daniel perfora sa réalité et pénétra dans sa bouche. Il pouvait encore voir du coin de l'œil la teinte absurde de la Romance du Cerisier en Fleur qui laissait des traces sur la bite de Daniel, tandis que Jimmie s'abandonnait à un désir qui semblait se justifier dans la recherche de sa satisfaction.

Debout à la fenêtre et sortant de sa rêverie, Jimmie sourit en se rappelant le souvenir d'Elin, sa branleuse préférée, qui était venue l'interrompre.

« Tu peux te dépêcher, s'il te plaît ? Il n'y a plus de P.Q. chez les femmes et je n'ai pas la chance d'avoir des pauses toilettes de deux heures. »

Jimmie s'éloigna de la bite de Daniel, qui avait le goût d'une journée de travail, et cracha dans un morceau de papier toilette avant d'essayer de se nettoyer les lèvres. Daniel posa son regard sur lui avec la terreur d'un homme qui sait qu'il a une réputation à perdre, ses yeux désormais craintifs et son propre plaisir devenu une erreur qu'il souhaitait ardemment corriger. Jimmie avait pitié de lui et telle une créature blessée, il n'avait pas la résistance nécessaire pour affronter ce mépris soudain de sa propre faiblesse.

« Je t'en apporte tout de suite. Avance, j'arrive. »

Dans les toilettes des femmes, Jimmie se regardait dans le miroir tout en écoutant le flot énervé de sa pisse. Ses lèvres étaient toutes barbouillées – on aurait dit un clown raté.

« Tout va bien, Jimmie ? Ça m'a l'air d'être un rouge à lèvres assez intense. Je ne savais pas que tu étais fan de The Cure.

— Je ne fais qu'explorer ma beauté.

— Un jour ils vont te virer pour ces pauses interminables. »

Elin s'en alla et Jimmie frotta encore un peu ses lèvres pour enlever les dernières traces. Il entra dans le couloir qui reconduisait à l'espace des ventes lorsque Helena se tint soudain devant lui. Son sourire chaleureux était revenu tandis qu'elle lui offrait un chewing-gum et il ne put s'empêcher d'admirer le fait qu'elle devait être assez proche d'atteindre le but ultime : baiser comme elle se masturbait.

« Prends-en un, ça pourrait être utile. C'était donc ça le *casting* pour lequel il te fallait du rouge à lèvres ?

— Pourquoi est-ce que tu es toujours là ?

— Je n'ai pas pu m'empêcher d'écouter ta mini-performance – le bruit ressemblait un peu à celui des cochons dans une des étables de mon père. Je les regardais quand j'étais petite. »

Aujourd'hui Elin n'était pas là pour le sauver de ses fantasmes et le rappeler à son devoir de branler inlassablement des inconnus par téléphone. D'apaiser ces vagues d'insatisfaction tout en évitant de se noyer. Mais il sentait que ni le ciel qu'ils avaient tous en commun ni les deux femmes aux langues étrangères déliées ne briseraient le secret de sa rébellion silencieuse. Jimmie essayait de se calmer car il savait que personne ne voulait baiser la tristesse. Parce que la tristesse est cette chose qui pue les vêtements sales et les cheveux gras. Les oreillers tachés. Jimmie comprenait que son corps avait perdu en résistance, qu'il s'était ramolli de l'intérieur et que les cavités sous ses yeux n'étaient pas simplement remplies de chagrin mais aussi, et de plus en plus, de maladies. D'infections et de douleur. Lorsque ses genoux et ses pieds commencèrent à lui faire mal, ce fut le début du déclin, le premier signe que cette absence de confort allait perdurer.

Jimmie jeta un dernier regard vers le ciel. Les nuages qui survivaient sans peine à chaque obscurité. C'était le moment de quitter la cuisine et son étrange silence d'après-midi, et d'attendre les heures plus avancées de la nuit avant de pouvoir s'échapper à nouveau dans son esprit. Le moment d'affronter quelques heures supplémentaires tout en sachant qu'aucun regret n'empêcherait le déclin d'une journée gâchée.

Alors qu'il se rasseyait sur sa chaise de bureau cassée, on aurait dit qu'il avait voyagé dans le temps. Il s'attendait presque à ce que Wolf ait maintenant une barbe et qu'il ressemble au grand-père d'Heidi – ou alors à cet étrange berger chez lequel on avait retrouvé des poils d'animaux dans les sous-vêtements. Peut-être était-ce pour cela que Wolf avait dû quitter l'Allemagne. Peut-être avait-il violé la meilleure chèvre de son grand-père. Wolf et la seule créature qu'il eût jamais aimée – une ravissante chèvre des montagnes nommée Bellezza. Le jour où ils avaient renvoyé son amant, elle n'avait pas eu d'autre choix que de s'abandonner à quelque bouc primitif du nom de Hans qui n'avait jamais appris à apprécier toute l'étendue de sa beauté. Sous l'étrange lumière qui descendait du plafond, on aurait presque dit que de minuscules cornes se formaient sur le front chauve de Wolf – sa souffrance poussant les portes du monde telle une créature en quête de liberté.

« Tu aimes les animaux, Wolf ?

— Pourquoi est-ce que tu me demandes ça ?

— Juste comme ça. Peut-être à cause de ton nom ?

— Mon nom n'est pas vraiment Wolf. C'est Wolfgang. Et je me fiche pas mal des animaux mais quand j'étais petit j'avais une perruche. C'est ma mère qui me l'avait achetée.

— Elles me font toujours tellement de peine, enfermées toute leur vie dans une cage, comme nous.

— Mais ce sont des créatures stupides. Leur cerveau ne fait même pas la taille d'une noisette.

— Est-ce qu'il y avait des chèvres des montagnes là où tu as grandi ?

— Des chèvres des montagnes ? J'ai grandi dans une ville, Jimmie, pourquoi veux-tu qu'il y ait eu des chèvres ? Tu devrais décrocher ce téléphone au lieu de me poser toutes ces questions. Tu sais bien qu'ils ont changé les règles et qu'ils ne paient plus les heures où le niveau de service est aussi bas. Simon a été très clair là-dessus. »

Il secoua la tête en songeant à la taille du cerveau de Jimmie, visiblement pas plus gros qu'une noisette. Jimmie était sidéré que les Allemands aient trouvé le moyen de se penser non seulement supérieurs aux soi-disant Européens du Sud et aux paresseux travailleurs immigrés, mais aussi aux oiseaux à leur esprit inférieur. Il voulait en apprendre plus sur son compagnon de misère à plumes, savoir si pour lui aussi ils avaient inventé des insultes spécifiques, adaptées à son habitat et ses manières. Savoir si lui aussi avait été traité de *katzlmacher* et de secoueur de citronnier afin de rabaisser ce qu'ils ne comprenaient pas.

Si seulement le téléphone cessait de sonner aussi frénétiquement.

« Merci d'avoir patienté. Mon nom est Jimmie. Comment puis-je vous aider ?

— Je suis dans une boutique hôtel dans le Marais et j'ai bien l'impression qu'ils sont en train de se moquer de moi.

— Le personnel de l'hôtel ?

— Oui. Ils n'essayent même pas de le cacher.

— Êtes-vous sûre qu'ils ne sont pas tout simplement français ? La plupart sont nés comme cela, ils n'y peuvent rien. Le mieux est de voir cela comme un pied bot ou une maladie rare de la peau – j'aime toujours m'imaginer que cela les attriste en secret. Je suis certain qu'ils adoreraient être sympathiques et faire preuve d'empathie. Vous pouvez vous estimer heureuse si vous ne les retrouvez pas en train de se donner du plaisir au bureau pendant les heures de travail.

— Cela arrive souvent ?

— Nous avons dû nous séparer d'un membre de l'équipe française.

— Et ensuite ils vont parler à tout le monde de leur fameuse vie amoureuse. De leur vin rouge et leurs cigarettes.

— Je suppose qu'on a tous besoin d'histoires pour survivre à nos journées.

— J'aurais juré que la jolie petite serveuse se moquait de moi quand je suis retournée me servir au buffet du petit déjeuner ce matin. »

Il pouvait la voir comme il s'était vu lui-même ce jour-là dans la vieille robe d'été de sa mère. Les yeux des autres le dévorant comme un essaim de guêpes. Il sentait encore la sueur qui irritait son crâne tandis qu'il descendait les rues chancelant dans les minuscules chaussures de sa mère, conscient en permanence de son propre corps, de ce ventre qu'il ne parviendrait jamais à aspirer. Il pouvait entendre les emballages de sucreries se froissant dans son sac, les mêmes qu'il trouvait toujours au fond des siens, témoins obstinés de ces moments de réconfort passagers qu'il essayait inlassablement d'oublier. Il n'avait jamais vraiment compris les calories dont les emballages gardaient le compte et qui lui donnaient l'impression que son ventre avait été rempli de ces pierres qu'ils employaient pour tuer le grand méchant loup. Son corps était un fardeau et ses tendres désirs des péchés.

« Je suis désolé de l'entendre, Madame. Je peux vous assurer que personne n'apprécie les Français. Et je vous promets qu'ils ne sont pas tous minces.

— J'aimerais simplement qu'on enseigne à l'école que les gens en surpoids ont aussi un cœur. Nous ne sommes pas simplement des objets de ridicule, vous voyez ? Il y a une histoire derrière nos formes.

— Mais nous pouvons aussi être une source de joie. Si vous aviez déjà vu la vidéo d'une personne obèse prenant ses jambes à son cou pour échapper à un rat en colère, vous sauriez que c'est notre trait salvateur. Nous avons transformé notre peine et notre traumatisme en quelque chose que tout le monde peut voir, duquel tout le monde peut rire. Je trouve toujours du réconfort dans l'idée que le monde serait particulièrement ennuyeux sans nous. Et vous ne voulez pas accorder aux Français la victoire finale en me faisant appeler l'hôtel pour passer un savon à la serveuse, n'est-ce pas ?

— Je suppose que ce serait cela la véritable humiliation.

— Imaginez-nous seulement comme des sorcières et des magiciens. Des alchimistes. Des gens qui ont trouvé un moyen de changer leur affliction en or. »

Jimmie se souvenait encore de ce jour où Nobes, alors qu'ils étaient assis dans le corbillard en chemin vers un enterrement bulgare, lui avait demandé si on l'avait maltraité à l'école. Jimmie était distrait et, bien qu'il fût autorisé à inventer ses propres histoires, il avait du mal à se rappeler quel était son lien avec cette cinquantenaire bulgare renversée par le bus 98. La question le prit par surprise.

« Tu es un garçon assez sensible. Et grassouillet. Comme un de ces labradors, tu sais – ils ne peuvent jamais s'arrêter de manger. Ça n'a pas dû être facile à l'école, avec tes cheveux d'étranger et ton drôle de nom de famille et tout ça. »

Jimmie se réconfortait à l'idée que M. Nobes et lui diminuaient mutuellement leur sentiment de solitude. Qu'ils avaient créé entre eux, malgré leurs différences et ses inquiétudes au sujet de nombreux choix esthétiques de M. Nobes, un espace qui signifiait quelque chose. La peau sur ses phalanges était écaillée, ses ongles toujours un peu trop longs, avec probablement des bouts de cadavres coincés en dessous – la chaleur de ces corps désormais réduite à un souvenir subsistant sur les doigts d'un autre. Peut-être avait-il fait cette éternelle erreur de confondre le travail avec un endroit où l'on a toute sa place. Peut-être s'était-il encore une fois comporté comme un chat errant, prenant la pitié pour un lieu de vie. Même Nobes avait trouvé un amant pour partager sa couette. Il sentait que Nobes ne serait pas intéressé d'entendre toute l'histoire parce que jamais personne ne l'était. Pas même Jimmie lui-même. Et ainsi il murmura quelque chose au sujet d'hormones et de la mort tragique d'une grand-mère et de la façon dont il avait raccourci son nom de famille en quelque chose que les autres pourraient prononcer, ainsi que la présence d'autres enfants rondouillards à l'école. Il lui servit une lutte raisonnable, pas quelque chose de radical avec du sang dans la salle de bains et du harcèlement en ligne, véhiculant juste assez de douleur pour que Nobes ne pose pas davantage de questions avant qu'ils atteignent l'église orthodoxe et que le moment fût venu pour Jimmie de prendre un air suffisamment affligé. Et même si la question de Nobes ne l'avait pas touché au cœur de ses tourments, le fait qu'un homme qui n'avait probablement jamais possédé de brosse à dents puisse considérer la vie de Jimmie comme traumatisante lui procura tout de même assez de désarroi pour pleurer la disparition prématurée de Mme Irina Nikolova. Cette mère bulgare qui, après une histoire d'amour avortée avec le mari de sa sœur, l'avait laissé pour l'adoption à un âge où il était encore trop jeune pour se rappeler son visage. La mère imaginaire à qui il était résolument disposé à pardonner ce jour-là, debout dans un nuage d'encens et de souvenirs empruntés. Même à cet instant son crime semblait moindre que celui commis par sa véritable mère dans la tenue ridicule de laquelle il était parti vers sa propre exécution. La mère qu'il ne pourrait jamais quitter parce que l'assurance-vie de sa grand-mère lui avait acheté un appartement minuscule à Londres et qu'il ne touchait même pas de congés maladie. Il n'avait pas d'autres proches dans cette ville qu'il devrait quitter rapidement pour échapper à la précarité. Chaque fois qu'il apercevait une personne sans abri il pensait avoir vu son avenir et, depuis ce chaînon dysfonctionnel du secteur des services où il était assis, loin du sol mais jamais assez, ni la vie ni la mort ne paraissaient des choses qu'il pouvait accomplir avec enthousiasme.

« Ta perruche avait-elle un nom ?

— J'essaye de travailler.

— Désolé. Je n'ai vraiment pas la foi aujourd'hui. Ce n'est pas facile de réconforter les gens en permanence. Surtout les gros, je ne sais pas pourquoi on a toujours cette tendance à l'autodestruction.

— Je ne crois pas que ce soit le genre de vocabulaire qu'on est censé utiliser pour parler des gens qui ont des problèmes de poids.

— Le langage est là pour nous protéger. Je ne l'ai pas oublié.

— Tant mieux.

— Mais elle en avait un alors ?

— Un quoi ?

— Un nom ? Ou est-ce que vous l'appelez simplement l'oiseau, *das Vogel* ?

— C'est *der Vogel*. En général ils s'appellent Hansi mais ma mère préférait Bubi. Et maintenant, si tu permets, j'ai un cas difficile à traiter. »

Probablement un Allemand qui avait trébuché et avait besoin de quelqu'un à accuser pour pouvoir demeurer irréprochable. Il avait beau tenter de visualiser le jeune Wolf et Bubi – était-elle verte ou bleue ? Et Bubi était-il la traduction de quelque insulte dirigée contre l'apparence et la culture de l'oiseau ? –, il ne cessait de voir la bite de Daniel et le sourire confiant d'Helena, ses lèvres artificielles enjouées et les petits bouts de vrais ongles poussant derrière les faux ongles violets. Il se représentait aussi les testicules étonnamment réduits de Daniel, plus proches de petites bosses que de couilles – une imperfection qui n'inspirait aucune tendresse en lui. À chaque fois que Jimmie songeait à des parties génitales sans être excité, il ne pouvait s'empêcher de penser que toute angoisse existentielle provenait de l'entrejambe des autres et du fait que les choses y étaient aussi désespérément laides. Certains avaient même l'audace de se raser, comme si le fait de brandir une pancarte lumineuse en direction de ses défauts pouvait les rendre moins évidents. Comme s'ils pouvaient se cacher dans ces moments-là, vacillant entre l'oubli et le désespoir.

« Comment ça va, Jimmie ? »

Il tenait le chewing-gum à la fraise entre ses doigts, prêt à le coller sous son bureau pour énerver l'irascible homme de ménage portugais, lorsque Fatiha apparut soudain devant lui. Conscient d'avoir conservé un souvenir de sa rencontre avec la bite de Daniel et le sourire d'Helena, il sourit et remit le chewing-gum dans sa bouche.

« Je croyais qu'il y avait quelque chose dans mon chewing-gum.

— Ce n'est pas comme si je n'avais jamais eu ce problème. Mon frère s'est débrouillé pour coller un chewing-gum dans mes cheveux l'autre jour. »

Jimmie aimait regarder Fatiha. S'il avait eu une sœur, elle aurait pu lui ressembler. Il se disait toujours que l'enfance et la jeunesse qu'elle avait passées en Autriche ne lui avaient en rien donné les traits d'un Wolf ou de tout autre représentant du peuple germanique avec lequel il avait eu à traiter. Comme avec Daniel, il estimait qu'ils étaient tous connectés par la même mer, comme si le fait d'observer ces vagues méditerranéennes avait créé un lien qui se ressentait à travers les conflits qu'ils étaient censés porter dans leur cœur. Élevé sous les mêmes couleurs, Jimmie pensait qu'il partageait avec eux une sorte de connexion, quelque chose qu'il n'avait pas besoin d'expliquer, et il était donc reconnaissant envers les racines marocaines de Fatiha. À la différence de l'accent impardonnable de Wolf, il appréciait les légères intonations viennoises que sa langue produisait lorsqu'elle parlait anglais. Elles ne lui donnaient jamais l'air d'être sur le point de lancer une meute de chiens enragés après lui.

« Est-ce que tu as fini comme Lisa Simpson, avec des couches et des couches de solutions différentes dans tes cheveux jusqu'à ce que ta mère finisse par te dire de les raser ?

— Il faut que tu arrêtes avec ces références. Tu sais bien qu'on n'a pas grandi avec les mêmes séries.

— J'oublie toujours que tu as dans les 12 ans. Tu sais, je ne tolère pas les gens nés dans les années 1990 en général.

— Je suis née en 2000.

— Tu vas me faire pleurer.

— Ça va, Jimmie. Tu n'es pas si vieux. Et je suis désolée si je me suis moquée de ta référence à MacGyver l'autre jour. Je suis sûre que tu adorais ton Tamagotchi et que certains des autres trucs de ton enfance seraient hyper cool aujourd'hui. Tu as dû avoir des super bananes. Et j'adore ton rouge à lèvres, d'ailleurs. »

Il posa son menton sur sa main et fit ses plus beaux yeux de Chat Potté.

« Tu as sûrement raison. Je n'ai que dans les 200 ans. Quand j'étais à la maternelle en Italie et que certains des enfants me taquinaient parce que j'étais trop jeune, je leur répondais toujours qu'ils mourraient avant moi. »

Elle rit de la façon dont il le faisait lorsqu'il était encore en école d'art dramatique. Lorsqu'il pensait encore que la vie l'épargnerait, avant qu'il comprenne que tout ce qu'il pourrait espérer accomplir serait peut-être de mourir avec ses propres dents.

« Tu étais déjà drôle quand tu étais petit ?

— Non, je crois que je le pensais vraiment à l'époque. J'avais un sens très basique du temps et des corps – je ne me rappelle pas grand-chose d'autre de mes jours à la maternelle.

— C'est difficile, non ? Surtout quand tu as changé de pays entre-temps. Parfois je ne sais plus si mes souvenirs appartiennent à Vienne, Londres ou Casablanca.

— Je suis tellement jaloux. Les miens sont tous liés à ma mère et à son indicible chagrin. Je crois qu'elle est le seul pays dans lequel j'aie jamais habité. »

Avant que Fatiha puisse formuler la question qui se profilait entre ses sourcils, Simon leur fit signe de mettre un terme à leur réunion illégale. Comme s'il les faisait déguerpir parce qu'ils avaient l'air excessivement étrangers ou qu'ils menaçaient d'insuffler le trouble et la séduction parmi sa main-d'œuvre bien huilée. Tels des pigeons dociles ils obéirent, espérant qu'ils trouveraient un jour leur propre toit.

Jimmie retourna à son écran et fit mine de regarder tous les emails auxquels il n'avait jamais répondu. Toute cette prose ratée, ces poèmes avortés et ces rimes tristes. Il ne comprenait pas ce qui était censé distinguer les soi-disant locuteurs natifs, ceux qui étaient à l'aise dans leur langue maternelle, de ceux pour qui c'était la seconde langue. Des étrangers qui venaient d'autres rives, d'outre-mer et au-delà, qui avaient grandi avec des histoires différentes. Les langues étrangères que l'on accusait de tant de violence envers leur nouvel habitat là où ils ne faisaient rien d'autre que d'essayer d'être les gentils. Pourtant les gens les prenaient pour une espèce envahissante qui provenait d'un muscle différent du leur. Rouge avec ces traces humides de bleu en bas.

Même sa mère écrivait de façon plus lisible que la plupart de ses clients. Elle savait qu'il y avait une différence entre un nom et un verbe. Peut-être était-ce simplement la peur d'être l'étranger, d'être l'autre, qui faisait que Jimmie orthographiait correctement les choses. C'était la crainte d'être découvert qui le faisait vérifier rapidement comment écrire « parmi » et « hormis » avant de répondre à un texto et il épelait toujours son nom de famille au lieu de simplement le prononcer. Les langues convenables n'avaient pas besoin de s'embêter avec cela, aucune erreur ne viendrait jamais menacer la revendication de leur statut. Celui-ci se logeait dans leur sang ainsi que dans leurs documents et ils pouvaient agir sans la moindre honte car ils avaient inventé les règles de leur propre jeu.

Il n'avait jamais réussi à se réconcilier avec les langues, pas depuis le jour où sa grand-mère l'avait emmené faire les courses parce que sa mère en était incapable. C'était la faute de sa grand-mère s'il gardait les dents serrées au cours des rares occasions qu'il avait eues d'embrasser d'autres gens. S'il avait peur du genre d'intimité invasive que les autres langues exigeaient. Car ce jour-là, elle l'emmena à la boucherie. Il dut rester debout à côté d'elle et lui tenir la main tandis qu'elle se penchait et faillit tomber – poitrine la première – dans le présentoir, sa carrure massive vacillant lorsqu'il leva les yeux. Les mains de Jimmie se mirent à trembler lorsqu'il les vit, ces grandes langues de vache à côté des petites qui appartenaient à leurs enfants. Mère et veau enfin réunis, séparés seulement par des étiquettes aux prix différents. Même ici la jeunesse était plus désirable. Il se rappelait les deux rangées bien nettes et la tentation qu'il y avait de tâter l'une d'entre elles pour voir si elle était toujours vivante. Un muscle dénué de peau, humide et découvert. Un instrument pour les sens, délicat et vulnérable, caché derrière des dents solides. Il avait du mal à croire à quel point elles étaient longues et semblaient lourdes. À quelle profondeur elles devaient remonter dans la gorge, peut-être tout en bas jusqu'au ventre – y surveillant l'obscurité, confiantes et alertes. Il avait senti sa propre langue se replier en songeant qu'elles étaient là pour être mangées, comme des yeux et des doigts et des nez. Sa main essayait de s'extirper de l'emprise de sa grand-mère tandis que celle-ci discutait avec la bouchère du meilleur moyen de lisser ces pièces roses ; son unique fausse dent brillait d'un blanc trop intense sous le soleil de midi, tel un renard polaire perdu au milieu de créatures inférieures. Ses mains et son front étaient appuyés contre la vitre, contemplant ce à quoi il avait apparemment été biberonné. Quand la bouchère lui proposa une tranche gratuite de mortadelle il refusa, incapable de détourner ses yeux du souvenir des déjeuners dominicaux dans la maison de sa grand-mère. Il comprenait désormais pourquoi il n'avait jamais aimé ses plats, pourquoi il les avait toujours trouvés lourds et difficiles à avaler : depuis tout ce temps, elle lui avait fait manger ce qu'une autre créature utilisait pour montrer de l'affection. Ce qu'elle avait fait était pire encore que ce que la sorcière avait fait à Ariel et il se mit à pleurer lorsqu'elle en commanda une de chaque, mère et enfant, pressant l'une et l'autre pour prouver leur fraîcheur. Peut-être étaient-ils toujours en vie quand c'était arrivé, les langues coupées en premier afin de les garder bien juteuses, tout cela pour que des femmes comme sa grand-mère restent massives et satisfaites. Il ne pouvait retenir ses larmes même lorsqu'elle lui demanda d'arrêter, et la bouchère se mit à se moquer de lui comme on le fait quand on pense que rabaisser quelqu'un compte comme une marque de tendresse. Il ne l'oublia jamais, et tandis que sa grand-mère le traînait hors du magasin, gênée parce qu'elle le pensait trop vieux pour ses larmes, il sentit un je-ne-sais-quoi se durcir dans sa sensibilité. Il y avait quelque chose qu'il ne pouvait pas pardonner dans la violence inattendue de sa condition. Ces bouches remplies de sang et l'obscurité qu'elles n'essayaient plus de lui cacher. Toute cette beauté qu'il ne pouvait plus voir.

« Je t'ai déjà raconté comment ma grand-mère est morte ?

— Jimmie ! Simon va péter un câble s'il découvre qu'on s'appelle. Tu n'es même pas censé savoir faire ça.

— J'étais simplement en train de penser à elle et au fait qu'elle m'a rendu végétarien contre son gré. Ça me fait toujours marrer quand je pense à son désarroi. *Comment est-ce que tu as pu me faire ça Jimmie !*

— Je suis sûre que tu m'as déjà raconté cette histoire. Je crois même que tu avais pris le même accent italien. »

Elin se souvenait toujours de tout – tel un éléphant colérique.

« Mais est-ce que je t'ai dit comment elle est morte ?

— Est-ce que c'est une autre de tes histoires d'Européen ? Tu devrais la garder pour l'un des clients américains spéciaux, ils adorent ce genre de trucs.

— C'était un dimanche, et on déjeunait tous chez elle. Tu sais, l'un de ces rassemblements italiens avec plein de tantes et trop de conversations. On était dehors dans son jardin, à manger l'une de ces tartes sucrées avec la garniture au citron, quand soudain elle a dit : je me suis fait piquer par une abeille. Et ce furent ses derniers mots. Je me suis fait piquer par une abeille. *Punto da un'ape*. L'endroit était trop éloigné pour qu'une ambulance arrive à temps et nous ne savions absolument pas qu'elle était allergique. Elle l'avait tenu secret toute sa vie. Et ainsi elle est morte. Asphyxiée le jour du Seigneur. Tuée par l'un de Ses plus petits serviteurs, sans un curé à côté d'elle pour l'absoudre de ses péchés. À ce jour elle est probablement encore au purgatoire.

— Ce n'est pas une histoire très joyeuse.

— Ce n'était pas une femme très joyeuse. Peut-être est-ce la justice divine qui a voulu qu'elle meure d'un gonflement de la langue. Et puis elle était trop grosse, c'est entièrement à cause de ses gènes que j'ai cette allure. Ça a sauté une génération – ma mère a été épargnée – mais maintenant regarde-moi. C'est comme une malédiction.

— C'est aussi parce que tu es un gros flemmard, Jimmie. Arrête d'accuser ta grand-mère morte.

— D'accord Elin, moi aussi je t'aime. »

Elle raccrocha avant qu'il puisse le faire et il se dit qu'il aurait voulu passer ne fût-ce qu'une journée de sa vie avec la rage qui l'animait – pas étonnant qu'elle soit aussi mince. Jimmie était bien trop gentil pour brûler sérieusement des calories ; ses cellules graisseuses savaient bien qu'au fond il n'avait pas ce qu'il fallait pour changer. Il était semblable à l'une de ces formes indistinctes croupies au fond des océans, vivant de ce qui flottait jusque dans sa bouche et se satisfaisant de porter toutes sortes d'autres créatures sur son dos tant qu'elles ne lui demandaient pas d'avancer plus vite ni de se réfugier dans son ventre parce qu'un élégant requin approchait. Dans ces profondeurs, cela n'avait pas d'importance. Il imaginait l'obscurité comme étant silencieuse et indulgente, d'une teinte de noir qui virerait au bleu à la lumière de soleil, comme l'arrière-plan de tous ces clichés de vacances. Dans ces profondeurs, Jimmie serait hors d'atteinte des touristes mécontents, parfaitement étranger au désarroi causé par une vue mer qui est au mieux une vue mer partielle et qui n'aurait pas dû être vendue comme telle à l'origine.

Jimmie n'avait pas l'intention d'aller déterrer leur réponse toute faite sur les vues mer mais puisque leur système ne leur permettait pas d'effacer le moindre email, il déplaça celui-ci dans la boîte de réception de Fatiha et le marqua comme étant en cours de traitement. Il adorait la tourmenter et il avait encore en travers de la gorge toutes ses plaisanteries au sujet de sa jeunesse et de ses références à MacGyver. Son enfance et ses coupes de cheveux impossibles étaient désormais assez lointaines pour être à la mode. Il était devenu la relique d'une époque différente, quelque chose qui n'aurait même pas sa place dans la vitrine d'une boutique solidaire. Il avait atteint le point où son âge ne paraîtrait jeune que s'il se suicidait ou décédait d'une maladie tragique. Trop jeune pour mourir, mais aussi trop vieux pour tout le reste. Trop vieux pour une vie réussie et la satisfaction d'une jeunesse débridée. Trop vieux pour raconter à quiconque qu'il avait un jour été skater ou nymphomane. Il n'avait pas l'autorité d'un garçon dans la fleur de l'âge, fier des signes que les ans transforment soudain en dignité et qui lui auraient permis de couper les files d'attente et de tenir des opinions politiques douteuses. Il savait qu'il ne serait jamais un mâle dominant mais qu'il resterait à jamais perdu entre les âges. Incapable de grandir et pourtant assez âgé pour savoir que le sentiment de jeunesse ne devient agréable qu'après coup, lorsque la vue de corps jeunes et délicats qui semblent se consommer l'un l'autre telles des ressources inépuisables vous force à admettre que le vôtre a dépassé cette frontière depuis bien longtemps.

Le téléphone sonnait à nouveau et Jimmie rêvait d'être dans un endroit différent, où les gens avaient le luxe de suivre leurs propres pensées sans être constamment interrompus. Il soupira avant de décrocher, se demandant si sa personnalité affable dédiée au service du client serait à jamais logée dans sa gorge. S'il faudrait qu'une sorcière des fonds marins vienne l'en débarrasser pour qu'enfin il puisse à nouveau entendre sa propre voix.

« Merci d'avoir patienté. Mon nom est Jimmie. Comment puis-je vous aider ?

— Vous n'avez pas répondu à mon email.

— Je suis désolé, Monsieur, nous sommes très occupés en ce moment et cela nous prend entre 48 et 72 heures pour répondre à des réclamations écrites.

— Mais mes vacances seront presque finies d'ici là.

— Est-ce quelque chose que je peux peut-être traiter par téléphone ?

— C'est possible mais vous devrez aussi regarder l'email. J'y ai inclus des photos qui aideront à illustrer le problème. »

La voix faisait assez âgée pour être accompagnée de l'une de ces barbes grisonnantes aux stries jaunes, ou plutôt d'un vert défraîchi, autant de restes d'une vie qui devenait rapidement fragmentée. Jimmie imaginait des ongles de pied de la même couleur dépassant de sandales usées. Un voyageur solitaire, peut-être un ornithologue ou géologue amateur ou un adepte de quelque autre activité insipide de ce genre. Peut-être même quelqu'un qui ne prétendait jamais s'amuser. Jimmie savait que c'était une espèce rare.

« Laissez-moi retrouver l'email.

— Ce n'est pas dans mes habitudes de me plaindre, vous savez. Et ma femme ne m'aurait jamais laissé passer ce coup de fil, mais ce sont mes premières vacances depuis qu'elle est partie il y a un an de cela, et me voilà. À faire une réclamation.

— Je suis navré de cette perte, Monsieur. »

Le vieil homme avait beau ne pas être à ses côtés, Jimmie adopta l'une de ses têtes d'enterrement les plus travaillées. Il aimait la fragilité de la voix qu'il entendait.

« En pensant maintenant à elle, je me sens mal de vous avoir envoyé ces images. Je ne suis pas un voyeur ou quoi que ce soit, j'étais juste un peu dépassé.

— Elles sont en train de charger. Laissez-moi juste… Oh mon Dieu ! Je vois – et ça se passe juste devant votre fenêtre ?

— Oui, je peux voir leur chambre directement depuis mon balcon, et ils ne ferment même pas les rideaux. Je ne sais pas où m'asseoir le soir sinon – la chambre est vraiment étouffante, et je n'ai pas très envie d'aller me poser dans un bar. Ma femme était encore de ce monde quand nous avons réservé ces vacances.

— Les gens ont toujours l'air idiots lorsqu'ils essayent de montrer qu'ils prennent du plaisir, n'est-ce pas ?

— Je dois dire que je ne suis pas tout à fait convaincu par leur performance.

— Ils savent probablement que vous les regardez, et ça les excite. Avez-vous essayé d'en parler au personnel de l'hôtel ?

— Non, je suis trop gêné pour cela. Était-ce au moins légal de prendre ces photos ?

— Je ne le répéterai à personne.

— Merci.

— Une dernière chose, et surtout ne le prenez pas mal : je sais que vous êtes encore en deuil mais n'avez-vous aucun plaisir à en tirer ?

— J'ai 79 ans. Je suis trop vieux pour ce genre de désir. Ça ne me paraît pas correct après toutes ces années. J'ai épousé ma femme pour une raison. Je n'ai jamais voulu être un de ces hommes-là. »

Dans des moments comme celui-ci Jimmie se voyait toujours comme une sainte catin – autorisant le désir à s'immiscer dans des situations impossibles. Ce n'était pas la première fois que son métier lui donnait l'impression qu'il offrait un soulagement généreux à des gens brisés au milieu de circonstances mélancoliques, mais c'était la première fois que cela semblait avoir du sens. Comme s'il y avait une forme de rédemption dans cette timide érection.

« Je ne pense pas que vous devriez avoir peur de ces penchants, il n'y a rien de mal à cela. Si quelqu'un m'envoie des photos d'un résident s'adonnant à une petite branlette sur un balcon à Athènes, je ferai en sorte qu'elles soient supprimées. Je vous le promets si vous me promettez de prendre du plaisir.

— J'essayerai, mais ça ne semble tout de même pas correct. Si ma femme l'avait su.

— Je ne doute pas qu'elle le savait. »

En regardant les photos, Jimmie n'arrivait pas à distinguer grand-chose – la main du vieil homme tremblait déjà lorsqu'il les avait prises. Tout ce qu'il voyait c'était un homme en prenant un autre par-derrière, leur peau trop écarlate et trop en sueur pour qu'ils aient l'air professionnels. Rien qui eût mérité l'approbation de son ancien collègue français mais tout de même assez pour que Jimmie se complaise dans la beauté de deux hommes baisant dans la douce lumière d'un jeune matin d'été.

Jimmie avait su dès l'enfance, alors qu'il s'asseyait à côté de sa grand-mère qui regardait *Amour, Gloire et Beauté* ou quelque autre feuilleton télévisé, que les blondes n'étaient pas son genre. Il admirait les longues jambes et les poitrines fermes de la même façon qu'il aurait admiré un bel animal, mais il n'y pensait pas quand il commençait à se toucher. Et pourtant, il pouvait s'identifier au vieil homme excité sur son balcon solitaire en Grèce ainsi qu'à l'impression que les autres jugeaient ses désirs. Il n'avait jamais eu de faible pour ceux envers qui il aurait dû en avoir – ces jeunes garçons grecs imberbes n'étaient pas vraiment son truc. Il savait au fond de lui qu'il n'était pas intéressé par des corps parfaits aux contours onctueux. Pas plus qu'il n'appréciait ces ours vêtus de cuir qu'il avait d'abord découverts en tant qu'objets de ridicule dans les comédies des années 1990 avant de les voir en chair et en os durant l'une de ses virées dans la fameuse vie nocturne de Londres. Il avait beau fantasmer en imaginant le mince et sérieux Simon lui donner des fessées dans la salle de réunion derrière la cuisine ou alors à son bureau après les heures de travail, Jimmie avait conscience que ce qui le fascinait le plus était probablement le fait que Simon ait réussi à acheter sa propre voiture et que sa mère était probablement fière de lui. Mais au plus profond de son cœur, Jimmie savait qu'il aimait les petits Méditerranéens rondouillards, au corps en forme de poire et aux poitrines assez velues pour dissimuler un collier en or. Des hommes qui lui donnaient l'impression qu'il avait sa place. Des hommes comme Daniel.

Jimmie ne savait pas vraiment pourquoi ces hommes-là lui plaisaient. Un désir soudain de ne pas baiser selon les plans de Dieu. Il avait commencé à avoir ce genre de béguin dans les années 1990 sur les plages italiennes où les hommes étaient pleins de poils et d'estime de soi – ne portant rien d'autre que de l'huile pour le corps et de minuscules slips de bain. Les chaînes en or autour des bras et du cou signalaient qu'ils étaient prêts à être vus parés uniquement de leurs bijoux. Prêts à baiser comme des héros parce que l'or qui pendait à leur cou était un signe de Dieu. Ils n'avaient pas à craindre le regard de la Vierge Marie, de l'Enfant Jésus ou du Saint-Esprit car ils avaient le droit de s'envoyer en l'air, et avec leur poitrine velue et leur bite sanctifiée dans l'eau bénite ils n'étaient qu'à deux portes du paradis. Le soir venu, ils portaient des bananes. Des bananes fonctionnelles qui leur laissaient les mains libres pour s'occuper de leurs enfants laids en public. C'étaient de bons maris et de bons fils et ils constitueraient un jour de respectables ancêtres. Quand Jimmie remarqua pour la première fois le collier autour du cou de Daniel, il ne se soucia pas du fait qu'en tant que Juif il portait probablement un Haï ou une étoile de David et qu'il était évidemment saint mais de façon différente. Il ne voyait que ses courbes, les gestes paternels avec lesquels il parlait, les poils de son torse en dessous de sa chemise légèrement ouverte, et il était prêt à succomber.

« Tu as déjà eu un vrai boulot avant celui-ci ?

— Malheureusement, Wolf, je ne viens pas tout droit de l'école d'art dramatique. J'ai travaillé pour des pompes funèbres.

— Jimmie ! Tu ne veux pas rester sérieux pour une fois ?

— Mais je *suis* sérieux. J'ai travaillé pour le salon funéraire de John Nobes – je peux te donner son numéro si tu veux.

— Et tu faisais quoi là-bas ? Le fantôme ? »

Comme tout bon Allemand, Wolf ne put résister à la tentation de rire à sa propre blague.

« J'ai été engagé comme acteur pour jouer un proche ou un ami endeuillé à des enterrements peu fréquentés. C'est un service additionnel que la famille de M. Nobes propose depuis des générations. Les enterrements exigent avant tout de la dignité, tu sais ? »

Jimmie était sûr que Wolf n'en avait aucune idée. L'Allemand inquisiteur lui faisait l'effet d'une créature plutôt païenne et chez lui dans les montagnes, ils offraient probablement leurs morts aux aigles restants ou les jetaient dans le fleuve à la fin de l'hiver.

« La tristesse a toujours été ma spécialité. J'étais tellement bon que j'ai même officié dans quelques cérémonies juives. La plupart des acteurs d'enterrement n'arrivent pas aussi loin.

— Pourquoi est-ce que tu t'es fait virer ?

— Je ne me suis pas fait virer. Je crois que M. Nobes voulait même que je reprenne l'affaire. Il n'avait pas d'enfant et avait toujours peur de ce qui arriverait à son entreprise. Puis il a changé ma description de poste et lorsque ma mère a commencé à s'impliquer, j'ai décidé de démissionner. Pour raisons personnelles.

— Pour venir travailler ici ?

— C'est difficile de trouver des boulots d'acteur, ou n'importe quel boulot d'ailleurs lorsqu'on ressemble à ça. Les morts ne pouvaient pas me voir, ça ne les dérangeait pas.

— Si tu veux mon avis, Jimmie, tu as besoin de travailler sur tes raisons personnelles. On dirait bien que tu as abandonné un travail tout à fait convenable avec des perspectives solides à cause d'un de tes caprices. Tu devrais faire plus attention la prochaine fois.

— Ce n'est pas exactement comme ça que ça s'est passé. Et ce n'est pas vrai que les Italiens font leur cinéma 24 heures sur 24. J'aurais aimé te voir à ma place, forcé de porter un –

— C'est un chewing-gum que tu as dans la bouche ?

— Helena et Daniel me l'ont donné après notre dernière réunion. Donc ça ne devrait pas poser de problème.

— *Ach* Jimmie. Je sais que tu es plus ou moins italien, mais les règles sont les règles. »

Jimmie voulait lui dire que dans son esprit, le chewing-gum avait encore un léger parfum de la bite de Daniel mais à la place il fit mine de l'enrouler dans un bout de papier et lorsque Wolf retourna à son écran, il se pencha vers l'avant et le colla sur l'accoudoir de sa chaise – au moins aurait-il la satisfaction de savoir que cela agacerait un jour l'homme de ménage.

« Au moins, on a tué notre dictateur nous-mêmes.

— Pardon ? »

Pendu par les pieds. Le dictateur dont ils avaient ôté la chemise et qu'ils avaient pendu par les pieds. L'acte brutal qui donna aux Italiens leur nostalgie des années sombres. On avait souvent l'impression que cette mort violente n'avait pas servi de conclusion mais qu'elle rappelait plutôt à la population le côté humain du Duce – le fait qu'il mérite une certaine empathie parce qu'on ne pouvait jamais accepter de réduire un visage en bouillie en traînant son propriétaire derrière une voiture. Dans la mort, même le cœur le plus vil a la faculté de nous émouvoir, de nous rappeler nos propres lacunes. La grand-mère de Jimmie – tandis qu'elle était debout dans la cuisine, son couteau électrique à la main, sa fausse dent scintillant tandis qu'elle découpait les restes de créatures méconnaissables pour en faire à manger – lui avait toujours répété par-dessus le bruit de la machine que Mussolini n'était pas si terrible. Les hommes politiques qu'ils avaient aujourd'hui étaient pires et au moins Mussolini s'était-il soucié du bien-être de l'Italie avant le sien.

Jimmie se demandait si Wolf avait aussi eu une grand-mère avec une fausse dent et un couteau électrique qui lui avait dit de ne pas médire du Führer. Mais il est vrai que le nain autrichien était resté un monstre jusqu'au bout avec son suicide, ses chiens empoisonnés et sa femme qu'il ne baisait pas. Et ce jusqu'au moment où des soldats russes survoltés l'avaient embrasé dans une cour berlinoise, ses cendres se mélangeant aux gravats et aux premiers jours de l'été. C'était peut-être la différence cruciale entre leurs deux leaders, tout comme le chien qui s'en est pris à votre chair redevient un animal de compagnie aussitôt que vous le tuez de vos deux mains – or un dictateur tué n'était pas sans tendresse. Quelque chose que le temps envelopperait inévitablement de couches moelleuses de pardon et de fierté.

Jimmie ne pouvait s'empêcher de se demander quel genre de souffrance lui infligerait Simon au cours de leur discussion à venir. Allait-il l'attacher à une chaise ou l'enfermer pour la nuit, comme l'ancien collègue de Wolf ? Il savait que ce genre de scénario était devenu improbable, même dans un lieu comme celui-ci. Désormais les choses étaient plus délicates ; dans des compagnies modernes telles que Vanilla Travel Ltd, la douleur arrivait dans des habits plus acceptables – nul besoin d'hématomes luisants et de membres coupés, nul besoin de le toucher pour causer des dégâts. Dans ce nouveau monde rien n'était tangible et lorsque Jimmie n'arrivait plus à respirer, il ne pouvait s'en prendre qu'à sa propre négligence. Quand ses soutiens internes lâchaient, plus rien ne l'empêchait de couler, il ne restait que l'absence de succès et de persévérance qui avait réduit son moi idéal en ruines. Il ignorait comment rendre ces fêlures intérieures visibles mais il était certain que la hiérarchie le laisserait à découvert. Ce n'était pas un homme respectable comme Daniel. Personne n'avait jamais vu Jimmie avec une chemise. C'était lui qui avait porté du rouge à lèvres. Il avait transgressé les règles qui maintenaient ce bureau en place et en faisaient un lieu de retenue. Il était inutile de demander de l'aide à Helena, de lui parler de ce qui était arrivé le vendredi précédent – elle le sacrifierait comme l'un des cochons de son père car elle savait que Jimmie n'était pas en charge de cette histoire, que sa vérité était instable et prête à fléchir de son côté. Peu importe si dans ces toilettes orange, il en avait moins eu envie que Daniel. Seuls les téméraires ont le droit d'imposer leurs histoires. Mais aujourd'hui il se confronterait à Simon et serait fier de ses transgressions – il lui raconterait une histoire – comme un rat sortant du plancher soudain conscient du pouvoir que détient son horrible petit corps.

« Merci d'avoir patienté. Mon nom est Jimmie. Comment puis-je vous aider ?

— C'est une réclamation plus ou moins officieuse mais je suis sûre que d'autres femmes ont eu le même problème.

— Pouvez-vous juste me confirmer votre localisation ?

— Je suis à Agadir. Très bel hôtel, vraiment. À l'exception des hommes.

— Y a-t-il un problème ?

— Pas tant les hommes au souk que les garçons de piscine. Je dois dire que je suis plutôt déçue. Ce n'est pas vraiment acceptable pour un hôtel de ce rang.

— Je suis navré de l'entendre. Nous appliquons une tolérance zéro envers les mauvaises conduites sexuelles auprès de tous nos partenaires, et je vais immédiatement remonter le problème à mon supérieur.

— Les mauvaises conduites sexuelles ? Si seulement ! Ces garçons sont pires que des nonnes, je n'ai pas été harcelée une seule fois par le moindre d'entre eux.

— Vous appelez parce que vous n'avez pas été harcelée ?

— Ce n'est pas le mot que j'utiliserais d'habitude, mais je voyage seule et cela n'a jamais été aussi difficile par le passé. »

Élevé par des femmes, Jimmie avait été pro-vagin depuis aussi longtemps qu'il s'en souvienne. Elles avaient beau ne lui faire aucun effet érotique, il avait toujours reconnu leur lutte et pris Elin très au sérieux lorsqu'elle expliquait ses saignements mensuels ou se plaignaient à répétition du fait que la masturbation féminine était encore un tabou. Dans son esprit il l'appelait parfois « la branleuse » et considérait cela comme un titre honorable. Mais cette fois-ci il se rangea du côté des garçons de piscine et de leur refus de satisfaire leurs clientes entre leurs jambes vieillissantes. Tous ces corps solitaires et péremptoires aux rêves inaccomplis, exhibant leur pouvoir comme des armes rutilantes. C'était assez de devoir endurer ces gens-là par téléphone ; dans ses moments de faiblesse ils lui rappelaient ses propres batailles.

« Voudriez-vous m'excuser un instant le temps que je parle à une collègue experte dans tout ce qui touche au Maroc ? »

Il désespérait d'entendre une voix qui ne fût pas encore guidée par les pulsions d'un corps en déclin.

« Jimmie – est-ce que tu as déplacé cet email ridicule au sujet de la vue mer dans ma boîte de réception ?

— Écoute – j'ai une femme sur l'autre ligne qui se plaint parce que les garçons de piscine à

Agadir refusent de lui proposer des services supplémentaires.

— Et maintenant tu veux que je te donne un avis sur les bienfaits et les méfaits du tourisme sexuel féminin au Maroc ? Sur l'exploitation de l'Autre comme prolongement des pratiques coloniales ?

— Quelque chose comme ça.

— Dis-lui que son cul doit être vraiment moche si même les garçons de piscine ne veulent pas la baiser. Ils ont même essayé avec une des tantes autrichiennes d'une amie à moi l'été dernier. Ta bonne femme doit être plus laide qu'un *mozartkugel*.

— Ça ne m'aide qu'à moitié.

— Tu veux que j'appelle mon cousin pour voir s'il peut faire le boulot ?

— Vraiment ?

— Bien sûr que non, Jimmie ! Dis-lui que la magie opère lorsqu'on essaye la respiration orgasmique. Simplement la respiration et l'engagement musculaire, pas besoin de garçons de piscine.

— Je pense que cela nécessite une session de formation spéciale avec Simon. Et dis-moi si tu as un jour un cousin qui traîne – je suis plutôt friand des garçons de piscine.

— Je raccroche. »

La voix de Fatiha lui manquait déjà.

« Désolé Madame, cela m'a pris un moment de joindre notre experte en tourisme sexuel subtropical, mais j'espère que vous avez apprécié la musique. Elle a suggéré que le monde avait changé et que vous devriez plutôt essayer une technique de respiration spéciale. Il est mieux de trouver l'apaisement en soi-même que de profiter des autres. Elle a dit qu'un peu de concentration et d'engagement musculaire pouvait vous changer la vie. »

Avant que Wolf ait la chance de le harceler de questions sur sa carrière manquée de directeur de pompes funèbres, Jimmie fit un signe à Simon et reçut la permission de prendre une pause pour aller aux toilettes. Cinq minutes seul avec son corps, ses odeurs et ses sensations – cinq minutes pour tout relâcher. Tous ces gens qui aimaient l'avocat et l'indignation morale autant que la cocaïne et qui étaient pourtant incapables de se montrer reconnaissants de ce que la vie leur avait donné. La réticence à se savoir satisfait ou à apprécier leur richesse. Il serait bientôt seul dans ce grand immeuble laid, avec uniquement l'agent de sécurité du rez-de-chaussée assis en dessous de son poster de coucher de soleil luisant, ainsi que l'homme de ménage portugais pour le protéger de ce lourd silence. Jimmie avait peur de se retrouver sans personne au dernier étage de ce faux immeuble de bureaux et il hésitait toujours avant d'accepter le service du soir. Avant d'admettre qu'il n'avait pas de vie. En sacrifiant ces précieuses heures nocturnes traditionnellement vouées à passer du bon temps, il n'essayait pas tant de conserver son emploi que de s'éloigner le plus possible des heures d'éveil de sa mère. De vivre dans la même maison mais sur une autre planète. Il voulait s'assurer qu'elle soit endormie lorsqu'il rentrait afin d'éviter son corps et les questions qu'il produisait. Il pensait souvent à elle dans des moments comme celui-ci, lorsqu'il laissait sa bite pendre au-dessus de la lunette des toilettes, son ventre en cachant presque entièrement la vue. Il y songeait presque toujours lorsqu'il regardait son propre corps, si différent de celui de sa mère. Elle n'avait pas hérité le sien de sa propre génitrice. Sa peau était douce, ses formes pleines d'harmonie. Elle avait des pommettes et il ne l'avait jamais connue avec plus d'un menton. C'était l'odeur de son urine le matin qui lui avait toujours retourné l'estomac. La plupart du temps elle sentait pire que n'importe lequel des nombreux outrages regrettables de Henry. On aurait dit une compétition – comme s'ils se battaient pour le territoire de son affection. Même s'il avait toujours su que Henry était une garce sur pattes ronronnant de dédain, Jimmie avait eu moins de mal à l'aimer malgré ses défauts. Il avait accepté comme quelque chose de naturel le rejet que lui opposait cette belle créature et nettoyait après lui sans exiger de soutien émotionnel. Mais sa mère, qui était tout aussi belle en termes humains, ne lui avait jamais inspiré ce genre de dévotion. Il n'y avait jamais rien eu de sacré chez elle et toute chance de vénération avait péri entre les draps de son éternel chagrin. Chaque tentative de se rapprocher d'elle, de la trouver au milieu du labyrinthe qu'elle avait construit autour d'elle, l'avait fait se sentir encore plus rejeté que le refus hautain de Henry de lui réchauffer les pieds la nuit. Il n'était pas encore en mesure de concevoir l'incapacité d'un parent à aimer, de penser au bonheur comme une émotion que votre corps refuse. Il avait été incapable de comprendre que quelque chose pouvait se dresser entre le monde et vous, que vous pouviez perdre votre propre enfant dans ces coins mystérieux de votre esprit. Lorsqu'il grandit et comprit que la solitude se manifeste peu à peu sur nos corps comme les rides, lorsqu'il se mit à acheter des antidouleurs avec une excitation enfantine, sachant que les petites pilules renfermaient encore plus de bonheur que les meilleurs bonbons, il commença à ressentir les conséquences d'un cœur brisé. Les traces d'un corps qui ne pouvait pas s'en sortir seul. Qui avait besoin de petits miracles pour survivre à chaque journée. Les petits miracles qu'elle conservait dans toutes ces boîtes minuscules dans sa chambre et qu'il n'avait pas eu le cœur de voler lorsqu'il décida de prendre son rouge à lèvres la nuit précédente. Et une fois qu'il eut remis son pantalon et fut prêt à quitter les toilettes pour abandonner ce moment d'intimité entre la poubelle débordante et la musique pour ados, il décida d'appliquer à nouveau le rouge de sa mère – qui n'était ni intense ni baisable comme l'aimait Helena, mais grossier et soudain. Plus comme une peinture de guerre qui masquait de vieilles blessures.

En se regardant dans le miroir, il pensa à Daniel. *Hamoud*. Il n'aimait pas ce qu'il avait vu plus tôt, la différence que créait un degré de plus dans leur sinistre hiérarchie. Il se mettrait à perdre son sourire et à ressembler à Simon – une expression théâtrale dessinée sur une couche de cire. Jimmie était nostalgique de l'apparence que Daniel avait autrefois – comme s'il faisait le deuil d'un parent proche. Comme si le bon Dieu juif de Daniel lui avait défendu d'être superficiel et qu'il avait obéi avec un million d'imperfections au lieu d'arborer des chemises repassées et un crâne soigneusement rasé à 4 millimètres d'épaisseur. Jimmie toucha ses lèvres devant le miroir sale et ressentit cette sensation délicate qui lui manquait depuis le vendredi précédent, dès lors qu'il avait reçu des messages lui disant de ne jamais mentionner ce qui s'était passé. On lui demandait de l'accepter comme la conclusion fâcheuse d'une série d'erreurs. *Hamoud.* De nier que son corps avait inspiré le désir, avait suscité une réaction chez un autre. Que, l'espace d'un instant, la peau de Daniel avait été la créature la plus chaude de la pièce.

Jimmie avait touché Daniel pour la première fois lors de l'après-midi passé dans la maison de ces riches propriétaires d'un des quartiers indécents de Londres. Ils étaient dans la chambre de l'enfant qui fêtait son anniversaire. Il faisait trop chaud et Daniel lui avait demandé de l'aider avec son maquillage rouge et blanc, car il ne trouvait jamais le juste équilibre entre l'horreur et l'amusement. Sa dignité pouvait tout juste supporter les chaussures démesurées et le fait que sa stature ronde se prête à ce point au ridicule, mais il ne pouvait pas se résoudre à l'idée d'être un clown déplaisant. Jimmie se saisit de l'éponge et des pinceaux de maquillage comme s'il s'apprêtait à traiter une blessure.

« Est-ce que les Juifs sont naturellement drôles ? Comme les Italiens ?

— Nous n'avons pas beaucoup de raisons d'être joyeux, je suis sûr que tu le sais.

— Au moins les gens vous prennent au sérieux. Quand tu dis que tu es italien les gens se mettent juste à rire – c'est comme si on était nés avec un nez rouge.

— Sauf que votre nez ne vous a pas réduits en cendres.

— C'est pour ça que vous êtes à ce point contre l'incinération ?

— On ne possède pas nos corps, Jimmie. Ils appartiennent à Dieu. C'est pour cela que nous n'interférons pas avec eux. Ni tatouages ni incinération. Nos règles sont plus anciennes que le fascisme. »

Il aimait le fait que Daniel ne pouvait pas bouger et que tout en lui se mouvait désormais à une nouvelle vitesse. Le corps de Daniel communiquait avec Jimmie comme deux animaux indépendants de leur propriétaire, indépendants de leur esprit. Deux lamantins engagés dans une danse silencieuse, leur corps ouvrant la voie à travers l'obscurité de leurs yeux brisés. Jimmie remonta ses doigts jusqu'au collier en or de Daniel et le contempla.

« Est-ce que ton Dieu sera très en colère si j'interfère avec ton corps quelques instants ? »

Il ne pouvait pas embrasser ses lèvres à cause de tout le rouge et blanc qui recouvrait son visage, il était toujours aussi craintif des autres langues et de leur comparaison avec celles de la boucherie. Alors il s'inclina vers l'avant, attrapa la main de Daniel et se mit à embrasser l'intérieur. Suçant doucement sa paume, il laissa sa langue jouer avec les lignes les plus délicates de Daniel.

« Arrête. S'il te plaît. Je ne suis pas de ce bord-là.

— Tu n'as pas l'impression qu'il n'est pas si loin ? Ou as-tu simplement peur de te montrer avec ta trique devant les enfants ? »

Wolf n'était pas à son bureau lorsque Jimmie revint de sa pause toilettes et celui-ci prit donc la liberté de dessiner une petite bite bancale sur l'une des pages blanches du calepin soigneusement ordonné de Wolf. Il avait beau apprécier noircir les dents de célébrités sur les posters qui n'avaient pas encore été remplacés par un écran – de petits actes de vandalisme qui lui faisaient croire que ces espaces publics étaient aussi les siens –, il n'y avait rien de comparable à la joie d'utiliser un crayon allemand bien taillé pour dessiner une bite sur les dossiers de gens importants, de leur rappeler que leurs chaussures aussi étaient démesurées.

« Mon nom est Jimmie. Merci d'avoir patienté. Comment puis-je vous aider ?

— Je ne savais pas du tout qu'il ne s'agissait pas d'un cottage.

— Pardon ?

— Je n'en ai rien à cirer de faire du surf.

— Je suppose que vous êtes dans l'un de nos gîtes pour surfeurs dans les Cornouailles.

— Je voulais juste être près de la mer.

— Souhaitez-vous que je vous envoie une liste des activités locales ?

— Je suis venu ici pour écrire, mais avez-vous déjà entendu parler d'une œuvre sérieuse qui aurait émergé d'un gîte pour surfeurs ?

— Je ne suis pas un expert.

— La mer est l'une de mes principales sources d'inspiration. Ce vaste infini, prêt à vous écraser à tout moment. C'est intrinsèque à mon travail.

— Je crois que cela ne manque pas dans les Cornouailles. »

Jimmie s'imaginait un homme dans un vieux costume noir aux cheveux délibérément négligés et trop longs pour exister dans une quelconque entreprise. Il voyait une écharpe aussi, très probablement rouge, ornée d'un ou deux trous de mite. L'artiste n'avait jamais atteint son sommet, tel un bourgeon qui s'était mis à flétrir avant d'avoir pu révéler sa beauté, suffoqué par les ombres de plantes plus fécondes.

« En plus de cela l'endroit est dégoûtant. Il y a du sable partout, je ne pourrai jamais finir mon premier jet dans un tel désordre. Je me méfie de ce que je vais trouver dans les tiroirs. »

Jimmie était toujours intrigué par ce désir de conquérir ces espaces temporaires, de défaire ses valises et de faire mine de n'être jamais parti de chez soi.

« J'imagine qu'un peu de sable fait partie de l'attrait d'un gîte pour surfeurs.

— Vous ne comprenez pas. Il ne me reste plus beaucoup de temps si je veux être publié un jour.

— Je vais noter qu'il faudra appeler la direction du cottage dès demain matin et faire venir un agent d'entretien pour qu'il s'occupe en particulier des tiroirs.

— Et pourquoi pas ce soir ? Je ne peux vraiment pas travailler dans ces conditions.

— Je crains que nous ne puissions uniquement appeler les services d'urgence en cas d'invasion de rongeurs ou de cafards. Le sable ne fait pas partie des critères.

— Vous êtes certain de vouloir un commentaire négatif de la part d'un écrivain professionnel ?

— Allez-vous vraiment mettre un peu de Mozart, allumer une bougie et appliquer vos talents d'artiste à rédiger un commentaire négatif sur la présence de sable dans un gîte pour surfeurs ? Publié exclusivement sur le site internet d'une célèbre agence de voyages, écrit dans la grande lignée de Woolf, Dickens, Shakespeare et Nigel, 53 ans, qui nous vient du Kent ?

— Comment osez-vous ? Je suis persuadé que ce roman sera un jour primé ! Je veux parler à votre supérieur.

— Je crains qu'il ne soit présentement en pleins ébats.

— Pardon ??

— Toutes mes excuses, je voulais dire qu'il était présentement en plein débat et que nous nous apprêtons à terminer les appels pour le Royaume-Uni ; je vous prie donc de rappeler demain matin pour que nous puissions régler le problème. Je suis désolé que nous ne vous ayons pas trouvé de solution aujourd'hui, mais je serais honoré de figurer dans votre chef-d'œuvre *La Plage et la Mer* et vous promets que je surveillerai sa sortie. Mais pour l'heure je dois partir, merci pour votre appel. Profitez bien de vos vacances et au revoir. »

Jimmie venait d'apercevoir Wolf et Simon en pleine discussion et toutes les fibres de son large corps lui indiquaient qu'ils parlaient de lui. C'était un sentiment qui ne l'avait jamais quitté depuis l'école – celui d'être plus visible que les autres parce que son corps prenait plus de place. Il savait bien que ses habits avaient l'air immenses sur la corde à linge et il ressentait constamment ce regard sur le visage des gens lorsqu'ils l'observaient manger, essayant de comprendre ce qui l'avait rendu si gros. Ces yeux-là lui inspiraient de la culpabilité même lorsqu'il mangeait seul, tout comme les innombrables livres de nutrition écrits par des gens minces ainsi que les formules mathématiques élémentaires dont ils pensaient qu'elles pouvaient le rendre séduisant à leurs yeux. Jimmie n'arrivait jamais à oublier que ses organes étaient recouverts de mauvaise graisse, que ses courbes saignaient la sécu à blanc. Il laissait tomber la société en invitant dans sa vie des genoux en mauvais état, une insuffisance cardiaque et du diabète comme autant d'amis à une soirée entre fous. Contrairement à d'autres, il ne pouvait pas cacher ses vices. Et il était persuadé que Wolf, fidèle à ses origines, jouait le rôle du petit rouage innocent dans la machine d'une puissante dictature. Or celle-ci était aussi misérable que toutes les autres – creuse à l'intérieur et composée en majorité de corps tristes et masculins. Rien que de la cruauté et des uniformes, avec une provocation supplémentaire en cela que les leurs étaient des pulls à capuche mal taillés – pas de Hugo Boss luxueux pour eux – et qu'il était impossible, ici, d'être fait *gauleiter*. Wolf ne comprenait pas qu'ils n'étaient pas rivaux parce que toute notion de hiérarchie n'était qu'un outil supplémentaire dans la boîte de Simon – ils étaient tous égaux dans leur inutilité et Daniel était la toute première personne à se faire promouvoir d'agent régulier à supérieur. Cela fendait le cœur de Jimmie de voir que Wolf essayait de se jucher sur ses épaules, s'imaginant qu'il y avait un moyen pour lui de hisser la tête hors de l'eau. De voir qu'il essayait de réaliser un tour impossible, comme un phoque excessivement zélé dans un parc d'attractions aux animaux marins torturés. Jimmie savait que ni Wolf ni lui ne seraient un jour des instructeurs sexy dans une chemise branchée mais à jamais des créatures dont la dignité se serait perdue en chemin. Lassées de leur confinement mais également trop dépendantes de leur seau de poisson pourri pour organiser une révolte.

« J'y vais mon petit gigolo – on se voit dimanche ?

— Je peux te demander quelque chose, Helena ?

— Ça dépend.

— C'est vrai que tu as identifié le client mystère ?

— Pas tout à fait, chéri.

— Donc c'est juste un mythe ?

— Tu ne devrais pas poser autant de questions.

— Alors pourquoi est-ce que tu as autant de liberté ?

— Les gens parlent trop ici. Cela les rend laids. »

Elle glissa lentement un doigt le long de la joue de Jimmie jusqu'à atteindre son menton, ses autres ongles en faisant bientôt de même.

« Est-ce que tu sais sucer une bite comme Marilyn Monroe ou James Dean ?

— C'est encore quelque chose que tu veux m'apprendre ?

— C'est le moyen le plus facile de survivre dans cet endroit.

— Donc tu as simplement retrouvé Simon dans les toilettes des femmes pour négocier ta liberté !?

— Je pensais que tu me connaîtrais mieux que ça depuis le temps. »

Elle resserra son emprise avant de retirer ses doigts, ses ongles laissant des petites entailles sur la peau de Jimmie. Il continuait de la regarder et, l'espace d'une seconde, elle autorisa ses muscles à jouer à quelque chose qui s'apparentait à de la tristesse avant de se redresser à nouveau de tout son long et d'arborer un grand sourire sous les lignes parfaites de son visage.

« Je choisirais toujours celles des hommes. Moins de passage par là-bas. »

Avant que Jimmie ait une chance de poser plus de questions ou d'évaluer la qualité de ses propres performances orales, Wolf revint à son bureau et Helena leva les sourcils, glissa à nouveau les doigts le long de sa joue et s'en alla trouver d'autres fantasmes à enrouler autour de ses formes fabuleuses.

« Je pense que Simon veut te parler.

— Je sais. Nous avons prévu de nous croiser pendant ma pause.

— Fais attention, il a l'air un peu énervé. Il y a une rumeur qui dit que quelqu'un a montré ses parties intimes dans les toilettes des hommes, tu penses que c'est vrai ?

— Je ne comprends pas pourquoi on voudrait faire ça. Et d'ailleurs ça s'appelle une bite. Même ma mère ne parle plus de parties intimes.

— On dirait que Simon n'est pas le seul à être de mauvaise humeur. Ça doit être la fin d'une longue semaine. Mais ne t'inquiète pas, mon service est presque terminé. »

Il voyait bien que Wolf se sentait blessé entre les écouteurs de ce casque qui paraissait toujours trop grand pour son crâne chauve, telles les oreilles surdimensionnées d'une créature inoffensive. Mais avant que Jimmie puisse dire quoi que ce soit Wolf avait accepté un autre appel, et il était tout bonnement impossible de jauger l'état émotionnel de quelqu'un qui parlait allemand – tout ce qu'il disait donnait l'impression qu'une nation entière avait oublié comment rêver.

« Jimmie. J'ai bien peur que tu ne doives venir avec moi dès maintenant. J'avais oublié que je devais partir plus tôt aujourd'hui. »

Simon était à nouveau appuyé contre le petit mur qui séparait Jimmie du bureau de Wolf, ses doigts d'un rouge luisant et ses ongles soigneusement coupés. Il était facile d'imaginer le mépris qu'il avait pour ceux qui rongeaient leur propre chair.

« Je mets juste mon téléphone en silencieux et je suis à toi. »

Jimmie suivit les longues jambes ascétiques de Simon dont la démarche montrait qu'il était tendu, comme quelqu'un qui s'apprêterait à exterminer de la vermine. C'était une tâche déplaisante mais nécessaire et la seule chose qui aurait pu l'arrêter n'était pas la compassion mais la crainte de salir une belle chemise. C'est à peine si Simon ne se promenait pas avec une hache et un sac noir pour recouvrir les yeux de ses victimes. Jimmie savait qu'on ne se s'apprêtait pas à lui proposer une branlette et un chocolat chaud, qu'il ne s'agirait pas d'un petit jeu coquin – il était là pour se faire baiser, et pas d'une bonne façon.

Étrangement pourtant, cela n'avait pas grande importance car Jimmie eut soudain l'impression que son corps ne suffisait pas à supporter toutes ces sensations différentes. Alors qu'il marchait derrière Simon le long de ce couloir pathétique en entendant les voix de ses collègues luttant au loin, et frappant contre les murs fins telles des vagues sans tempête, cette masse de chair et de graisse et d'eau ne lui semblait pas être la somme de tout ce qu'il avait jamais vu, craint et touché. Quelle importance y avait-il à ce qu'il avait fait le vendredi précédent, deux semaines plus tôt ou trois jours après sa naissance ? Il avait été une personne différente alors, avec un autre cœur et un nouvel esprit s'éveillant à chaque soleil. Et demain il ne serait plus cette personne assise à la table de réunion qu'ils utilisaient pour donner à des gens comme lui l'impression d'être petits. D'ici là il aurait peut-être enfin réussi à quitter ce travail tout en essayant de sauver son amant, tandis que des gens comme Simon resteraient assis là jusqu'à ce que les eaux montantes avalent ces rivages qu'ils avaient détruits avec leurs propres ambitions. Jimmie ne serait plus là parce que ce monde n'était qu'une version parmi tant d'autres.

« Merci d'avoir pris du temps pour cette discussion, Jimmie. Nous t'en sommes vraiment reconnaissants. Je t'en prie, sens-toi libre de manger puisque c'est ta pause officielle.

— Est-ce qu'on peut aller au but sans tout ce langage formel ? »

En le regardant de près, Jimmie se rendit compte que derrière les lunettes style années 1950 et les sourcils sévères, Simon était probablement plus jeune que lui. Un garçon essayant de jouer à l'adulte, l'un des petits servants zélés du capitalisme.

« Je comprends. De toute façon Daniel est dans un call de formation et il faudrait que nous soyons là lui et moi pour rendre tout cela officiel. Prends-le simplement comme une discussion informelle et rappelle-toi que je t'ai toujours soutenu – même lorsqu'on s'est aperçu que tu étais moins italien que tu ne le paraissais.

— Dirais-tu la même chose à un Écossais ? Mon dialecte vaut n'importe quel autre – le langage italien auquel tu penses est une construction artificielle. Une technique de violence.

— Oui, mais la plupart de nos clients italiens ne comprennent pas un seul mot de ce que tu racontes.

— Je ne vois pas en quoi c'est ma faute.

— Je suis sûr que tu sais pourquoi nous sommes là, Jimmie.

— Je ne comprends pas pourquoi tout le monde n'arrête pas d'en parler. Et je ne pensais pas que Wolf en aurait quelque chose à faire, il semblait assez hostile envers sa perruche d'enfance.

— À vrai dire il essayait de se rendre utile. Nous sommes tous inquiets pour toi Jimmie, mais il faut que tu prennes les choses sérieusement.

— Tout est de la faute de ma mère. C'est à cause d'elle que je suis assis ici aujourd'hui, et c'est aussi elle qui m'a élevé avec cet étrange dialecte – donc c'est peut-être à elle que tu devrais parler.

— Essayes-tu de dire que c'est elle qui a déposé la réclamation ?

— Je croyais qu'on parlait de mon chat.

— Ton chat ?

— Henry. Ma mère l'a toujours détesté – ce n'est pas le plus propre des chats. Il chiait toujours dans le coin à côté de la TV. Tout de même, je pense que sa réaction était disproportionnée.

— Je me souviens que Daniel a mentionné que tu avais un chat. Que s'est-il passé ?

— Elle s'en est débarrassée. C'est encore difficile pour moi d'en parler, c'était mon seul soutien émotionnel.

— Je suis certain qu'il sera heureux avec son nouveau propriétaire. Son mauvais comportement était peut-être un signe d'anxiété.

— Nouveau propriétaire ? Il n'y a pas de nouveau propriétaire. Le petit Henry est parmi les anges à présent. »

Il leva les yeux au plafond, mais un instant seulement. Juste un léger mouvement car Simon n'avait pas l'air d'un homme assez dépravé pour apprécier les gestes catholiques.

« Tu veux dire que ta mère a tué ton chat ?

— Elle a perdu ses nerfs.

— Tu es sûr que c'est légal ? Et pourquoi ne pas tout simplement emmener le pauvre petit gars dans un refuge pour animaux ?

— Nous n'avons pas de refuges pour animaux en Italie. La plupart des chats sont noyés dans un seau quand ils sont encore petits – la vie est dure là-bas. Et le pauvre Henry avait porté atteinte à son honneur avec ses infractions répétées. Il n'y avait pas d'autre solution. Nous sommes des gens au sang chaud.

— Ils m'avaient toujours fait l'effet de bons maîtres lorsque j'y étais.

— Ce n'est pas parce qu'on fait du vélo en Toscane qu'on connaît l'Italie. Naples, par exemple, était célèbre pour ses crânes de chat bouillis.

— Rassure-moi, ils ne mangent plus de chats là-bas ? »

Rien de tel qu'un Anglais inquiet du concept de barbarie. Que dire des chiots qu'ils nourrissaient d'animaux morts dans leur alimentation riche en nutriments ? Et de toute la brutalité sous leur raffinement ? Chaque dictateur avait un animal favori et chaque Reine un chat qu'elle pleurerait davantage que son parent le plus proche, et ainsi ils firent porter à d'innombrables bêtes – qu'ils avaient capturées et mises en cage – le fardeau de leur cœur délaissé. Jimmie décelait que le rouquin lui aussi était prêt à sacrifier ses frères et sœurs en échange d'une meilleure chaise et d'une cuillère légèrement mieux polie. Leur empathie était réservée à ces créatures dont ils pensaient qu'elles ne les quitteraient jamais. Elles semblaient les aimer même en ne recevant que de la cruauté en retour ; même lorsque leur soi-disant amour ne cessait de laisser les mêmes traces. Les mêmes craintes et la même quantité de sang et de vomi sur le sol de la cuisine.

« Quand les gens sont pauvres, ils peuvent manger n'importe quoi. Des oiseaux, des chats, des singes. Tu n'imagines pas à quoi ressemble la vie dans certains coins d'Italie. Ma grand-mère avait 8 ans quand elle a dû quitter l'école pour aller travailler et, malgré cela, elle n'a pas pu se payer de nouvelles dents quand elle a perdu les siennes. On a dû lui acheter l'un de ces couteaux électriques pour qu'elle puisse découper sa nourriture.

— Écoute, Jimmie, je comprends que les choses soient un peu difficiles pour toi en ce moment, mais tu aurais dû venir en parler à Stuart ou à moi. Et maintenant que Daniel a été promu, tu peux aussi lui parler. Nous avons tous les deux reçu une formation en gestion des ressources humaines.

— Daniel n'a rien mentionné de spécial ?

— Pas que je me rappelle.

— On a discuté l'autre jour, je crois que c'était vendredi dernier. J'ai dû sentir qu'il prenait de l'importance. En revanche il portait toujours son pull à capuche, qui d'ailleurs, si tu veux mon avis, lui va beaucoup mieux que ces nouvelles chemises. Je lui ai parlé de Henry. Maintenant que j'y pense – son sang avait presque la même couleur que mon rouge à lèvres. Tu sais bien comment le sang d'un chat est toujours une teinte plus claire que ce à quoi tu t'attends.

— Mes chats ne sont jamais morts de cette façon.

— Ce n'est pas très délicat de sa part de ne pas avoir transmis l'information, de m'obliger à revivre tout cela à nouveau. Je sais que vous pensez tous le contraire, mais je fais vraiment tout mon possible pour que les choses se passent bien et que les besoins des clients soient satisfaits. Comment vous sentiriez-vous si, dans un moment de rage, votre propre mère avait battu votre animal de compagnie jusqu'à le défigurer ? Quand j'étais plus jeune, j'ai entendu les enfants du voisin torturer un chaton et je n'ai pas pu dormir pendant plusieurs jours. Même si ma grand-mère n'arrêtait pas de me dire que c'étaient des créatures stupides aux cerveaux minuscules et que j'étais trop vieux pour en avoir quelque chose à faire, cela m'a quand même donné de la fièvre. Ils l'avaient fait valser par la queue comme si c'était un jouet et plus il souffrait, plus ils riaient. C'est ça le truc avec la cruauté, on ferme les yeux sous notre propre toit, ce sont toujours les autres qui naissent avec des âmes brutales. C'est aussi ce que je pensais jusqu'à ce que j'entende mon petit Henry sur le sol de notre cuisine. Il ne miaulait pas, contrairement à ce qu'on pourrait penser. Le dernier bruit d'un chat est en réalité un grognement, profond et féroce parce qu'ils se battent jusqu'au tout dernier moment, même lorsque le sang brille déjà sur leur nez. Le regard qu'ils te lancent, Simon ! Il n'y a rien de tel que les yeux d'un animal que tu n'as pas su protéger. Ils n'ont que leurs instincts pour les guider dans cette situation et ils meurent avec beaucoup de sincérité car ils ignorent ce qu'est la mort. Ils n'ont ni Dieu ni aucune absurdité philosophique pour les réconcilier avec leur destin et il n'y a pas de quiétude avant que leur sang se soit totalement figé. Il n'arrêtait pas de me regarder. Mon petit Henry, pensant qu'il avait été trahi par le seul humain à qui il avait offert autant de réconfort, et cela juste parce que mes douches durent toujours trop longtemps et que je pensais qu'il n'y avait aucun risque à le laisser sous la surveillance de ma mère. J'ai ignoré les signaux, son comportement étrange après son premier café. Quand je suis revenu, il était là à me regarder fixement, son sang partout sur le sol. Les humains ne sont pas aussi courageux que mon petit chat, si vulnérable sur ce carrelage de cuisine, incapable d'afficher son élégance habituelle. J'ai tenu sa patte blanche pendant des heures après sa mort, je la sentais qui devenait froide et raide, tout en lui n'était que reproche. Je l'ai laissé tomber, Simon, j'ai laissé tomber mon petit Henry. »

Jimmie laissa ses larmes couler par-dessus ses lèvres et se mélanger à sa morve telle une lente procession funéraire. Elles rencontrèrent le rouge à lèvres de sa mère et formèrent une première goutte contagieuse sur la table stérile de la salle de réunion. Mais cette fois Jimmie ne lâcherait pas si facilement. Il fallait à la compassion, contrairement à la colère, davantage qu'un chat mort pour atteindre la plénitude – et ce n'était pas encore le moment de s'arrêter. La performance n'était pas finie.

« Mais en même temps ma mère n'est que la victime de ses circonstances. De nos circonstances. Ce n'est pas vraiment de sa faute si nous avons été contraints à l'exil. Si seulement nous n'avions pas acheté ce couteau électrique à ma grand-mère.

— Tu veux en parler ? »

Il devinait que Simon essayait de trouver un mouchoir, mais la pièce n'était pas équipée pour les fluides corporels et Jimmie essaya de se calmer en reprenant sa respiration.

« Je n'en ai jamais réellement parlé à qui que ce soit. Je me suis toujours senti si honteux.

— Tu es ici en sécurité, Jimmie. »

Alors que Jimmie regardait droit dans les yeux bleus de Simon, il sentait qu'il y déposait quelque chose. Comme l'un de ces coléoptères qui laissent leurs œufs sous la peau des gens, il emplirait d'images l'iris délicat de Simon, autant de petites graines plantées au fil du temps qui finiraient par former l'un de ces anneaux sombres tout autour. Un signe de chagrin, comme sa mère aimait les appeler.

« C'était un accident. C'est ce qu'elles m'ont toujours raconté. J'étais jeune quand c'est arrivé, et il m'a fallu longtemps pour comprendre ce que j'avais vu. Je ne peux pas demander à ma mère parce que tout ce qu'elle répond, c'est que ça a emporté sa beauté. Qu'Antonio Bevilacqua n'était pas un homme mauvais. N'allez pas faire de jugements basés sur ce que vous avez devant vous – elle est toujours bien plus belle que je ne le serai jamais. La seule de ses robes dans laquelle j'arrive à rentrer date de l'époque où je suis né, et encore, elle est serrée. Mon père, Antonio, était l'un de ces petits Italiens possessifs dotés d'une poitrine velue et d'un collier en or. Flamboyant comme j'imagine toujours les proxénètes napolitains – chemise colorée et petite houppe –, et remplis de cette énergie sexuelle qu'on ne trouve plus dans notre génération. En tout cas, Antonio était un homme d'influence, *un uomo di rispetto*, tu sais. »

À ce moment-là, Jimmie lança un regard par-dessus son épaule avant de murmurer : « Mafia ».

Simon répondit avec un froncement de sourcil entendu.

« Ma grand-mère s'était opposée à leur relation dès le premier jour. Trop dangereux, disait-elle. Nous sommes des gens simples. Nous n'épousons pas des criminels. Mais personne ne l'écoutait et ma mère l'a quand même épousé lors d'une cérémonie secrète – en présence uniquement des membres de la famille d'Antonio. Ils ont été mariés par un curé qui a ensuite eu la langue coupée pour avoir coopéré avec la police – c'est le traitement qu'ils réservent aux traîtres là-bas. *Pentito*. C'est pourquoi aujourd'hui encore j'ai du mal à manger des langues, elles me rappellent ce curé et son trou béant. Mais ce matin-là ma mère chantait. Ma grand-mère m'a dit que ma mère le faisait beaucoup quand j'étais petit mais c'est la seule fois où je me souviens l'avoir entendue chanter dans la salle de bains, et je crois qu'elle essayait de communiquer de la joie. L'un de ces rares moments où elle a mis le nez hors de son labyrinthe et même moi j'ai pu voir à quel point elle était belle quand elle souriait. J'étais toujours tellement fier d'elle lorsqu'elle arrivait à sourire en public. Ce serait inimaginable aujourd'hui – à présent elle est toujours en noir, toujours à se plaindre de ce qui lui arrive. Mais ce jour-là elle chantait. Et parfois je me dis que c'est pour ça que ma grand-mère a fait ça. Parce qu'elle ne pouvait pas supporter sa joie. La pauvreté tourmente terriblement les gens. Ils deviennent vengeurs et déments. »

Simon acquiesça à nouveau et Jimmie décela une légère odeur de sueur, pas de ce bon type de sueur qui vient avec le plaisir ou la possibilité de l'euphorie mais celle produite par nos nerfs – l'odeur du malaise physique.

« C'était un sacré festin. Un de ces événements où plein de proches apportaient beaucoup trop à manger et ma grand-mère avait ramené son couteau électrique. Tout le monde savait qu'elle devait toujours s'asseoir près d'une prise et les gens s'étaient aussi habitués au bruit – personnellement, je l'avais toujours trouvé apaisant. Nonna marmonnant à travers ses dents manquantes et par-dessus la lame vibrante. Aujourd'hui je me le représente comme une sorte de sex-toy, mais bien sûr à l'époque ce genre de chose était pour les pervers et les tordus, je ne suis même pas sûr qu'elle ait su ce qu'était un vibromasseur. Mais le couteau avait une fonction très similaire, c'était sa queue en l'absence de queue – mon grand-père était mort depuis tant d'années que personne ne s'en souvenait vraiment. En Italie les hommes ne durent jamais très longtemps. Et elle aimait donc tenir le couteau dans la main même lorsque nous n'étions pas en train de manger. Ce jour-là ne faisait pas exception. »

Jimmie fit une pause et détourna le visage, comptant sur le pouvoir de la peine invisible.

« Mais pourquoi l'a-t-elle fait ? Il devait bien y avoir une raison. Ou est-ce qu'elle souffrait de troubles mentaux ? »

Simon était à présent entièrement investi dans l'histoire de ces pauvres étrangers édentés et de leurs ustensiles de cuisine.

« Antonio mettait toujours ses doigts dans la nourriture avant qu'elle soit prête. Ma grand-mère croyait en Dieu. Pas de la façon dont le font les hommes comme Antonio – en admirant l'or et les paillettes. En zieutant les seins de la Vierge Marie et en y trouvant la justification de leurs actions. Les hommes qui vont se confesser avant de continuer comme si de rien n'était – ma grand-mère n'était pas comme ça. Elle prenait ça au sérieux. Ou au moins avait-elle vu des gens ânonner le bénédicité dans certaines de ses séries américaines et elle appréciait le rituel. Les mains en prière, un coude reposant sur son couteau. Mais Antonio était loin de se soucier des vieilles dames ainsi que de leurs besoins et, incontrôlé comme il l'était, il a tendu la main vers un des célèbres plats de viande de ma grand-mère. Il s'est attaqué directement à l'un des meilleurs morceaux. De la sauce partout, la nappe neuve souillée. Et il n'a même pas essayé de se lécher les doigts. C'est ce qu'elle a dit plus tard.

— Mais est-ce que tu as dû assister au moment où… ?

— Le couteau vibrant dans la gorge d'Antonio et lui recrachant les meilleurs morceaux de ma grand-mère ? Non. Elle m'avait envoyé chercher quelque chose dans la cuisine. Je me souviens juste de ma mère qui criait et du sang qui se mélangeait à la sauce. Ça donnait à la viande elle-même une apparence si réelle – avec les éclaboussures de sang frais par-dessus. Je suis devenu végétarien ce jour-là. La vue de n'importe quel type de viande me ramène toujours les souvenirs de mon père en détresse. Ses doigts bougeant encore, tachés de sang et de nourriture.

— Et qu'est-il arrivé à ta grand-mère ?

— Elle est morte en prison. Je crois qu'elle a eu le cœur brisé parce que son couteau a été saisi comme pièce à conviction, mais ma mère est persuadée que ce sont *eux* qui ont fait le coup. Tu sais. En guise de revanche. Vendetta et tout ça. Se faire tuer par une vieille dame – je ne pense même pas que mes petits-enfants seraient en sécurité s'ils remettaient un pied dans ce pays. La honte se transmet d'une génération à l'autre comme la folie et les pieds difformes, et à leurs yeux nous sommes tous les enfants de ma grand-mère. Des cinglés édentés munis de couteaux électriques.

— Tu es en sécurité à présent, Jimmie. De telles choses n'arrivent pas dans ce pays.

— Je sais. Vous avez trouvé des moyens plus sophistiqués de tuer les pauvres. »

Jimmie s'aperçut soudain que sa nourriture était toujours dans le sac à dos d'Elin et, incertain de l'heure, il ignorait si elle était déjà partie. Il savait qu'elle l'emporterait avec elle et lui dirait qu'il était déjà assez gros comme cela. Il prit une profonde inspiration et dans ce moment de silence il put sentir sa propre sueur aussi – pour la première fois depuis qu'il était arrivé au travail ce jour-là, il se rendit compte à quel point il était fatigué. Son corps lui paraissait aussi lourd qu'il l'était et il ne se souciait plus de savoir si Simon croyait son histoire ou s'il allait se faire virer pour complicité d'un acte sexuel qu'il n'était toujours pas certain d'avoir apprécié. Il était même désolé pour Elin – Simon n'était pas matière à fantasmer. Le rouquin ne comprendrait jamais ce que signifiait réellement le dévouement et il n'avait probablement jamais fessé quelqu'un de sa vie. Il était bien plus probable qu'Elin finisse plutôt par le prendre par-derrière. À en juger par la façon dont Simon glissait maintenant les doigts dans les boutons de sa chemise, les articulations pâles, Jimmie pouvait voir qu'il était l'un de ces hommes aux orgasmes compliqués et aux visions d'une figure maternelle qui englobait tout. Simon était la dernière chose dont il avait besoin à présent. Et Elin n'avait pas besoin de lui non plus.

« Je n'ai encore rien mangé et ma nourriture se trouve dans le sac à dos d'Elin – ça ne te dérange pas si je vais voir si elle est toujours là ? Je ne veux pas passer la nuit à boire la soupe dégoûtante du distributeur.

— Je suis sûr qu'elle est toujours là.

— Vraiment ?

— Mais tu peux aller chercher ta nourriture, Jimmie. Je discuterai du sujet avec Daniel et je suis certain qu'on trouvera une solution.

— Remercie-le d'avoir été si gentil vendredi dernier. Et merci encore de m'avoir écouté.

— Avec plaisir, Jimmie. Mais n'oublie pas que c'est un lieu de travail et que cela s'applique à toutes les parties de ce bâtiment. Nous avons vraiment besoin de rester professionnels ici.

— Bien sûr. J'espère que les choses se passeront bien à nouveau avec Elin ce soir. J'ai cru entendre que les Suédoises sont encore plus excitantes que leurs saunas. »

Sur ces mots, Jimmie se leva et partit. Il marchait comme un chat – la seule chose qu'il avait apprise de Henry, qui n'avait d'ailleurs pas toujours été un félin modèle, était qu'il y a des moments dans la vie où tout ce que vous pouvez faire est d'avoir meilleure allure que votre situation.

Jimmie se souvint soudain des nuages qu'il avait vus depuis le hublot de l'avion lorsqu'il était arrivé pour la première fois avec sa mère. Ce sentiment qu'il y avait un nouveau monde en dessous de lui, la couleur de l'innocence et la texture de quelque chose de doux et pourtant assez dur pour vous empêcher de tomber. Contrairement à la mer, qui essayait constamment de se mélanger à l'horizon, de prétendre qu'ils ne faisaient qu'un dans une lutte incessante pour la couleur bleue, les choses à cette hauteur étaient claires. Jimmie rêvait de pouvoir poser le pied sur ce monde prometteur et il ne s'était jamais remis de la surprise qu'il avait ressentie lorsque l'avion avait commencé sa descente et touché ce parfait paysage blanc. Lorsque ce jardin de clarté fit soudain vaciller l'appareil et frissonner son corps. Hostiles au contact d'étrangers, les nuages assombrissaient l'intérieur de l'engin comme si des dieux en colère punissaient les passagers, avant de recracher ces mortels trop audacieux dans la grise réalité ici-bas.

Lassé des toilettes, Jimmie retourna directement à son bureau. Wolf avait quitté les lieux et Jimmie sentit une once de remords pour avoir dessiné une bite dans son carnet – il était difficile de savoir comment quelqu'un dénué de tout sens de l'humour réagirait à un acte aussi grossier de vandalisme. Il vit qu'Elin était au téléphone et il tenta de songer aux programmes TV qu'il allait regarder en streaming pendant son service de nuit tout en prêtant l'oreille aux urgences et aux appels occasionnels depuis les États-Unis ; pourtant l'image du couteau électrique de sa grand-mère ne cessait de lui revenir. Cela faisait longtemps qu'il n'avait pas raconté une histoire – depuis la dernière fois où, assis dans le corbillard avec M. Nobes, il avait répété le personnage qu'il incarnerait ce jour-là. Il aimait penser que Nobes appréciait ses histoires et pas uniquement sa mère, mais il est possible qu'il n'ait compris que la moitié de ce qu'il racontait du fait de tous les noms compliqués et des cheveux étrangers de Jimmie. Nobes était trop occupé à regretter ce temps imaginaire où seuls les Anglais mouraient dans cette ville. Jimmie l'avait pris en affection et ces matins-là, en se baladant avec un cadavre à l'arrière d'une voiture, il avait l'impression que ses histoires pouvaient devenir réelles.

« Merci d'avoir patienté. Mon nom est Jimmie. Comment puis-je vous aider ?

— J'ai appelé tout à l'heure à propos de la Virée Romantique au Spa de Bath.

— Bien sûr, je me souviens. »

La femme à la cape de super-godemichet ! Jimmie avait presque oublié l'image d'elle s'envolant dans un ciel dégagé et il se sentait mal de n'avoir rien fait pour l'aider dans son combat. Il n'était même pas assez bon pour jouer le rôle de Robin en soutien de cette grande libératrice de ceux qu'on ne baisait pas.

« Avez-vous eu gain de cause auprès de l'hôtel ?

— Malheureusement non. Pour eux la romance se vit à deux. Ils n'ont pas su voir les bénéfices d'offrir un weekend romantique dédié à l'amour de soi.

— Je recherchais simplement un peu de temps loin de tout, pour récupérer.

— Vous ne pensez pas que les blessures des gens qui sont amoureux guérissent plus rapidement ?

— Je parie que la plupart des gens dans la Virée Romantique au Spa sont autant épris de leur partenaire que moi de ma lunette de toilettes.

— J'imagine que ce n'est pas facile de tomber amoureux.

— Vous croyez que je ferais mieux de rester seule chez moi et de me trouver une perruche ?

— Selon mon expérience, même les perruches ne sont pas fidèles, elles vous abandonneront pour une fenêtre ouverte en un clin d'œil. Je crois que leur cerveau est trop petit pour former de vraies attaches. Vous ne pouvez tout simplement pas gagner avec elles. »

Il sentait revenir la colère qui l'avait pris plus tôt, tout comme il percevait la frustration de tous ces autres gens face à un système qui refusait de satisfaire leurs moindres désirs. Qui était conçu pour les abandonner à leur sort avant qu'ils puissent atteindre le bien-être absolu. On aurait dit qu'un cauchemar récurrent se tapissait quelque part dans son esprit, refaisant surface pour saper l'ambiance à chaque fois qu'il essayait de se détendre, comme un proche non désiré qui émergerait en rampant de votre gâteau de mariage. Jimmie se trouvait confronté à la ronde éternelle de la production et de l'insatisfaction – les chaussettes dépareillées, les plantes qui fanent avant d'améliorer la qualité de l'air, la bite que vous ne pouvez pas sucer vous-même. La révolution que les gens à l'autre bout du fil étaient incapables de concevoir car tout ce qu'ils se représentaient n'était qu'une version plus confortable d'eux-mêmes. Une justification de leur existence et un vague sens d'accomplissement dans un univers autrement silencieux.

« Vous ne peignez pas une image très gaie et je n'ai pas l'impression que vous ayez fait quoi que ce soit pour m'aider. Est-ce que vous vous souciez le moins du monde de votre travail ?

— Je suis désolé que nous n'ayons pas réussi à trouver la solution parfaite pour vous aujourd'hui, Madame. Je pense qu'il y a beaucoup d'autres voyages que vous pourriez faire qui vous apporteraient plus de bonheur que celui-ci. De toute façon Bath est un misérable trou à rats, rempli de faux musées et de tasses Jane Austen. Qu'attendez-vous de gens qui ont mis des siècles à découvrir leurs propres bains romains ? Pourquoi ne pas essayer d'appeler l'un de nos concurrents et leur demander s'ils peuvent vous emmener sur la lune ? Avec de beaux astronautes qui vous caressent les pieds et vous murmurent des mots doux à l'oreille avant que vous soyez baisée par des crocodiles magiques aux multiples organes sexuels ? Pourquoi ne pas leur demander de faire un coussin avec un nuage et d'éventer votre cul avec des ailes de fée ? Ou même mieux ! Pourquoi ne me laissez-vous pas tranquille avec vos putains de requêtes débiles et ne mettez-vous pas de l'ordre tout seuls dans vos vies misérables ? »

Il prit une profonde inspiration et retira son casque. Elle avait raccroché quand il s'était mis à parler d'astronautes et de crocodiles magiques et à présent sa voix avait à jamais disparu dans le vortex du système d'appel aléatoire tel un objet perdu. Il en fit le deuil, comme de tous les autres objets précieux qu'il avait perdus dans le métro et qui lui rappelaient qu'il n'avait jamais eu le courage de jeter ne serait-ce qu'une peluche. Jimmie songeait parfois au fait que ses objets perdus pensaient possiblement à lui, que peut-être la chaleur et le confort de leur maison leur manquaient. Il espérait que quelqu'un les aurait récupérés, aurait vu plus loin que leur simple statut de choses abandonnées et potentiellement souillées. Que ses écharpes étaient désormais enroulées autour d'autres cous, ses livres tenus par d'autres mains. Peut-être qu'ils étaient aimés et qu'au lieu de se voir lentement disparaître sur quelque quai lointain, rongés par les rats et des microparticules en furie, ils s'étaient trouvé un meilleur foyer. Peut-être y avait-il eu une part de volonté dans leur décision de sauter hors de son sac, comme ces chats qui un jour prennent tout simplement la porte, trop fiers pour regarder en arrière. Tout comme Henry l'avait quitté ce jour-là – tenté à coup sûr par une voisine aguicheuse, se sentant délaissé par sa mère et son bonheur nouveau. Après toutes ces années, ses complaintes et ses couches de noir avaient manqué à Henry et Jimmie pouvait le comprendre. Elles lui manquaient aussi. Il préférait sa tristesse à la nouvelle vie qu'elle avait soudainement trouvée hors de leur petite famille. Et il pouvait encore entendre le dernier battement de la chatière, ce signal humiliant que même un chat refusait de rester à ses côtés. Il regrettait parfois que sa mère n'ait pas tabassé ce salaud à mort sur le sol de la cuisine afin qu'il puisse prendre en pitié le chat plutôt que lui-même.

« Putain, qu'est-ce que t'as fait à Simon ? »

La rage d'Elin avait anéanti ses dernières chances de paraître vraiment attirante ce jour-là. Ses lèvres formaient une ligne presque imperceptible, rapprochant son visage de quelque représentation médiévale de la mort. Preuve que la véritable couleur de la colère était le blanc et non le rouge.

« Il était en parfait état quand je l'ai quitté. Complètement intact.

— Il a annulé notre rendez-vous.

— Peut-être que sa mère lui a dit de ne pas sortir avec une étrangère ?

— Jimmie !

— On n'a pas vraiment parlé de toi. C'était plus une discussion informelle, je lui ai parlé un peu de ma famille. C'était assez plaisant d'ailleurs.

— Depuis quand tes histoires de famille sont plaisantes ?

— Je parlais plus de la conversation en tant que telle. C'était assez… intime. Voilà le mot que je cherchais. » À ces mots il se mit à tirer sa lèvre inférieure avec ses doigts – l'unique morceau de chair dont il était fier.

« Intime ?

— On a vraiment partagé un moment.

— Tu penses réellement que tu peux séduire quelqu'un en lui racontant comment ta grand-mère s'est étouffée avec une abeille ?

— J'ai ajouté quelques détails pour rendre le tout plus romantique.

— Tu as mentionné le chat ?

— Henry a fait une apparition, oui.

— Et tu as raconté que tu t'es fait plaquer par ton propre chat ?

— C'était la faute de ma mère.

— Tu ne t'es pas occupé de ton chat et ta mère n'est pas en forme. Il faut que tu arrêtes de la rendre responsable de ton bordel.

— Détrompe-toi. Je le pensais aussi – toutes ces années passées dans la misère et les chemises de nuit sales – mais ce n'était qu'une imposture. Il s'avère qu'on est une famille d'acteurs. Elle portait même du rouge à lèvres le jour où elle est venue ruiner ma vie. Depuis les choses n'ont fait qu'empirer.

— Du rouge à lèvres ?

— Elle était seulement censée m'apporter mon repas – je l'avais oublié. Nous avions fait deux enterrements de suite mais aucun ne proposait vraiment à manger. Tu sais, le genre de gens qui claquent tout leur argent dans un corbillard de conte de fées, faisant comme si Cendrillon avait emmené leur proche en balade, mais qui ensuite vous laissent crever de faim.

— Pourquoi n'as-tu pas simplement acheté de quoi déjeuner ailleurs ? Et de toute façon quel est le rapport ?

— Comment étais-je censé savoir qu'elle avait aussi bonne mine à la lumière du jour ? Avec son rouge à lèvres de cette teinte qu'ils font à partir d'insectes écrasés. Les pigments naturels l'emportent toujours.

— Le rouge à lèvres que tu portes, là ?

— C'est mieux ainsi. Il a déjà fait assez de dégâts.

— Tu ne penses pas que c'est un peu pathétique d'être jaloux de la beauté de sa mère ?

— Pas lorsqu'elle interfère autant avec ta vie. Il ne s'agit pas du fait que j'ai toujours eu l'air d'être la tante de quelqu'un alors qu'elle se tapait ces fossettes et n'a jamais pris un gramme. Sa beauté m'a fait perdre mon travail. M'a fait chier sur le palier de chez moi et forcé à travailler dans ce putain d'endroit alors que j'aurais pu diriger mes propres pompes funèbres à ce stade. Réconforter des gens qui ont de vrais problèmes, les soulager avec mes histoires inventées. Tu sais que j'aurais été bon là-dedans.

— Qu'a-t-elle fait de si scandaleux ? Elle a sucé un cadavre ?

— C'est vulgaire, même pour toi. Tu ne peux pas gérer une crèche de forêt comme ça – que vont dire les parents si tu corromps leur précieuse progéniture avec de telles saletés ?

— Regardez-moi la Vierge Marie qui parle. »

Il forma une auréole avec ses mains et prit une voix légèrement plus aiguë.

« Je ne veux m'occuper que des morts. Ils ne sont pas regardants – ce sont des créatures dociles.

— Il est peut-être temps d'abandonner tes rêves, Jimmie. Peut-être qu'on n'a tout simplement pas les armes pour s'en sortir dans cette ville.

— Ce n'est tout de même pas une raison pour faire un deuxième rendez-vous avec un mec comme Simon – tu ne veux pas terminer comme Helena à baiser le client mystère.

— Et qu'est-ce que tu essayais d'accomplir *exactement* dans les toilettes vendredi dernier ?

— Daniel portait encore un pull à capuche, et c'était un moment de passion.

— Tu sais qu'il n'est pas disponible, n'est-ce pas ? Il est marié à une femme.

— Regarde-nous avec nos rouges à lèvres bas de gamme, à essayer de coucher pour nous sortir de la misère.

— Peut-être que tu es bien le fils de ta mère après tout.

— Au moins on se soutient l'un l'autre. Je suppose que tu m'as accidentellement sauvé dans les toilettes vendredi dernier.

— Donc maintenant tu veux être mon chevalier à l'armure étincelante ?

— Il faut que je t'avoue que je ne peux pas m'offrir un cheval.

— Personne ne le peut. Au moins Simon avait une voiture. »

Elle jeta son sac à dos sur son épaule et avait presque atteint la porte quand une autre pensée vint à l'esprit de Jimmie.

« Elin, chérie. La seule vraie révolution est d'être heureux en dépit de sa situation.

— Je ne te baiserais pas non plus, mon cher. »

La dernière image qu'il vit d'elle fut celle de son majeur levé, une rare lettre dans le langage de leur affection, puis elle partit – et avec elle le rêve que nous pourrions un jour être quelqu'un à nos propres yeux sans avoir l'impression d'être quelque chose à ceux des autres. À ce moment-là, même le mystérieux Danois, dont le moment de gloire était d'avoir un jour travaillé comme doublure de cul de Leonardo DiCaprio et que l'on pouvait généralement trouver en train de lire *Le Comte de Monte-Cristo*, était lui aussi parti et le silence était trop net pour s'y fier. Jimmie entendait encore l'écho des pas et des voix dans le bureau. Les boutons rouges clignotaient sans pitié devant sa rétine, une danse du diable qui lui rappelait qu'en ce lieu il ne serait jamais le seul maître de ses pensées et de ses sentiments. Il laissa sa tête tourner encore un peu jusqu'à se sentir prêt à voler avec les démons et profiter de leur mécanique infernale. Son âme rendue inutile par ses activités quotidiennes ne semblait pas un prix très élevé à payer pour un peu de légèreté. Un moment perdu de liberté qui n'avait nulle part d'autre où aller.

Il chantonnait pour lui-même lorsqu'il remarqua que quelqu'un se tenait devant lui. Anticipant l'irascible homme de ménage portugais, il n'ouvrit que son œil gauche.

« J'allais presque oublier de te donner ça – j'étais déjà sur le quai quand je m'en suis aperçue.

— Comme c'est gentil à toi d'être revenue. »

Jimmie se sentit aussitôt réconforté par la présence de Fatiha et les démons rouges dansants disparurent dans un coin reclus de son esprit.

« Qu'est-ce que c'est ?

— Je ne sais pas. C'est Wolf qui me l'a donné. Il m'a dit que c'était important que cela te parvienne aujourd'hui.

— C'est sûrement l'une de ses lingettes pour le cul.

— Il n'est pas si terrible, Jimmie. C'est simplement un Allemand – ils n'y peuvent rien.

— Si tu le dis. »

Jimmie déposa le petit bout de papier plié à côté de sa souris, se demandant s'il contenait la lettre d'adieu longtemps espérée de Wolf. *Pardonne-moi mon cher ami, mais mon amour impérissable pour ma chèvre Bellezza m'oblige à retourner dans les montagnes. Son précédent mariage à un autre berger signifie que nous devrons vivre dans le péché, mais je suis prêt à faire ce sacrifice. Prends soin de toi mon ami. N'oublie jamais de garder tes crayons bien taillés et ton postérieur bien propre. Bien à toi, Wolf.*

« Ça te dit de rester ici un petit moment et de regarder quelque chose ?

— J'adorerais en apprendre plus sur MacGyver mais je dois filer.

— Profite bien de ta folle soirée alors. »

Le silence s'installa à nouveau et Jimmie décida d'aller errer dans le bureau vide. De toucher la souris sur le bureau de Simon et de caresser la surface du meuble qu'il a pratiqué en fantasme. Puisque l'agent d'entretien prenait à nouveau des libertés avec ses horaires de travail, Jimmie estima qu'il ne risquait rien à aller aux toilettes et prendre plus de cinq minutes – l'un des avantages du créneau de nuit sans supervision – afin d'apprécier un peu du confort que ces espaces étaient censés offrir sans la crainte de déranger les autres avec ses bruits et ses odeurs. Jimmie frissonna à l'idée de ce que l'homme de ménage pourrait trouver lorsqu'il vidait ces poubelles débordantes, mais il puisa aussi du réconfort dans le fait que le travail de quelqu'un d'autre était pire que le sien.

« Mon Dieu ! Qu'est-ce que tu fais encore là ?

— Désolé, j'ai renversé du thé sur ma chemise et je ne peux pas sortir comme ça. »

Daniel était debout torse nu à côté de l'évier, frottant sa chemise. L'espace d'un instant Jimmie eut peur que son esprit fût encore en train de danser avec les démons.

« Ne fais pas cette tête, Jimmie. Tu sais bien que je me soucie de mon apparence.

— Depuis quand ?

— Depuis toujours. Il n'y a rien de mal à avoir une chemise repassée.

— Est-ce que tu changes aussi les draps toutes les nuits au cas où certaines de tes pensées secrètes resteraient collées au tissu ?

— Pourquoi est-ce que tu restes si loin ? J'arrive à peine à t'entendre.

— Je préfère ne pas trop m'approcher, au cas où tu serais à nouveau submergé par la tentation. »

Tel un membre d'une famille de baleines endormies, Jimmie se tenait immobile.

« Tu n'as clairement pas assez de force, mon cher chef d'équipe. Si tu continues à frotter de façon aussi anémique, tu seras encore là au jour du Jugement dernier.

— Alors pourquoi est-ce que tu ne me donnes pas un coup de main ?

— J'essaye de ne pas exprimer de désir pour ta peau nue.

— Jimmie, je t'en prie. On est déjà passés par là, et tu connais ma position sur le sujet. Il faisait très chaud ce jour-là et bizarrement les choses étaient différentes quand on portait un costume.

— Parce que ça ne pose pas de problème de flirter avec un clown ? Et de te faire sucer ici ?

— Cela ne peut jamais se reproduire, tu comprends ?

— Est-ce que c'est le moment où tu me dis combien tu aimes ta femme et valorises notre amitié ?

— Mais je l'aime vraiment. Et ma famille est plutôt conservatrice. Je ne peux pas me permettre le moindre scandale.

— Moi aussi j'avais une famille autrefois.

— Je sais. Mais je ne peux tout simplement pas gâcher ma vie de cette façon. Je dois prendre les choses au sérieux.

— Bien sûr, c'est évident.

— Et tu as eu ce que tu voulais, pas vrai ? »

Malgré l'insulte, Jimmie ne pouvait retenir sa fierté d'avoir trouvé une histoire pour sauver l'homme qui n'avait probablement jamais désiré être son amant. Son crâne dégarni poivre et sel, son collier en or qui semblait presque mat et ses courbes prêtes à se déhancher sous la souffrance et l'indignation l'émouvaient encore. Ils donnaient encore à son cœur l'impression d'être un ventre vide sur le point d'accoucher, alimenté par un désir de création et de permanence mais ne recrachant rien d'autre que des cellules endommagées. Un état de chaos dans sa poitrine.

« N'en parlons plus. Bonne chance avec la chemise, je vais simplement utiliser les toilettes des femmes.

— Attends. Jimmie. Je voulais te demander, comment s'est passée ta discussion avec Simon ? Wolf avait l'air vraiment inquiet.

— Inquiet ?

— Oui, il a essayé de convaincre Simon de ne pas te virer.

— Tu es sûr qu'il ne parlait pas seulement de sa flore intestinale ?

— Oui, le Danois silencieux a entendu leur conversation.

— Est-ce que ton Mossad du centre d'appel t'a aussi informé que Helena a écouté à notre porte la semaine dernière ? »

Les yeux de Daniel s'écarquillèrent soudain, saisis par l'effroi.

« C'est vrai ?

— À peu de choses près on a fait un plan à trois.

— Ce n'est pas drôle, Jimmie.

— Je suis sûr que ta nouvelle position de pouvoir te protégera.

— Je t'en prie, dis-moi que ce n'est pas vrai.

— Encore félicitations pour ton nouveau rôle. »

La main gauche de Jimmie était déjà en contact avec la porte, laissant Daniel tenter sa chance avec le sèche-mains capricieux, lorsqu'il se retourna tout à coup. Un Columbo amoureux mais sans imper. Une petite sirène refusant de rester silencieuse et de mourir pour le bonheur de son amant.

« Quand je pense à toi, je le fais de tout mon corps. C'est réel. Je sais que tu ne t'abstiendrais pas de danser pendant un an si je mourais, mais ça ne veut pas dire que c'est sans importance. »

La main libre de Daniel s'était immobilisée par-dessus le gros bouton argenté du sèche-mains et ses yeux étaient désormais aussi humides que sa chemise. Jimmie voyait l'autre main trembler en dessous du blanc taché et il put à nouveau sentir son cœur.

« Pardonne-moi, Jimmie. Mais c'est quelque chose que je ne peux tout simplement pas faire. »

Jimmie se radoucit en voyant le regard dans les yeux de Daniel, et la pitié qu'il eut pour lui fut plus douce que tout ce qu'il avait goûté ce jour-là. Jimmie se sentait comme la Signora lorsqu'elle avait soudain émergé du centre de son labyrinthe. Il se sentait presque beau.

« Ce n'est pas grave, c'est difficile de porter du rouge à lèvres en public. Va t'asseoir là-bas, je m'occupe de ta chemise. »

En l'absence d'une mère italienne fonctionnelle, Jimmie était devenu un expert en blanchisserie et en objets cassés, et après avoir enfoncé quelques fois le bouton argenté le sèche-mains se remit enfin à fonctionner. Dans le silence induit par le bruit, sa mère ne cessait de lui revenir à l'esprit. Peut-être était-ce ce qu'elle ressentait après avoir quitté la maison ce jour-là, comme si la vie était intrépide dans son désir d'être vécue. En observant Daniel désormais assis dans l'une des toilettes ouvertes, Jimmie admira pour la première fois ce que sa mère avait accompli. En dépit de son cœur brisé. Il était enfin prêt à accepter qu'elle n'avait simplement pas été en mesure de lui tenir la main durant l'intégralité de leur parcours commun mais qu'il pouvait tout de même être fier de ses lèvres rouges. La poitrine de Daniel était lourde et il se tenait la tête entre les mains. Un homme heureux en mariage.

« Voilà. Donne-moi ton bras – et maintenant l'autre. Comme neuve. »

Jimmie boutonna sa chemise avec une rare tendresse et au moment d'arriver au dernier bouton il déposa un baiser délicat sur les lèvres de Daniel. Pas de quoi susciter l'excitation. Les dents fermées. Les yeux ouverts.

« Maintenant va et redeviens la meilleure version hétérosexuelle de toi-même.

— Merci, Jimmie, chéri. *Hamoud.*

— Ravi d'avoir pu aider. »

Daniel sourit de la façon dont le font certaines personnes dans les enterrements, avec ce mélange délicieux de tristesse et de soulagement. C'était la conclusion d'une relation et Daniel savait comment aimer les morts – savait qu'il n'y a rien de tel que les images que ceux qu'on laisse derrière nous. Des images que vous pouviez redessiner encore et encore jusqu'à ce qu'elles correspondent aux recoins de votre propre esprit. Et comme un bon cadavre, Jimmie se replia à une distance qui ne serait jamais plus vaincue.

Son rouge à lèvres s'était désormais estompé comme les premières heures du jour. Traces discrètes d'une lutte qui mettrait des années à quitter son cœur. Traces plus profondes que les cicatrices visibles sur son corps. Minuscules pigments qui tailladeraient ses couches internes avant d'être enfin emportés par les crues sombres du temps intérieur. Les circuits et les désirs de son muscle le plus vigoureux le forçant à chaque pulsation à tenter de profiter de cette putain de vie.

Au bout d'un moment, Jimmie entendit les pas de son amant qui s'éloignaient. Mais il était trop fatigué même pour ses propres larmes et l'inévitable haine de soi qu'elles susciteraient. Il décida de profiter de son temps libre et déverrouilla son téléphone pour vérifier ses messages et voir si quelqu'un d'autre l'avait délaissé.

« J'ai donné ton déj à la SDF dans le métro. Elle aimerait bien des boulettes avec ses pâtes la prochaine fois. »

Les Suédois et leurs putains de boulettes. Il avait dit mille fois à Elin que les pâtes – et en particulier les pâtes froides – mélangées aux boulettes étaient une profanation de la nourriture italienne, et que comme la plupart des profanations, celle-ci venait des États-Unis. Jimmie n'y était jamais allé mais il savait que c'était un lieu sans culture ni véritable nourriture. Ni vraiment d'histoire non plus, si ce n'est la violence qu'ils niaient. L'Amérique était un petit frère agaçant avec rien d'autre pour lui que des génocides non reconnus et des dents immaculées. Jimmie avait peur de ces dents américaines qui brillaient dans le noir et chaque fois qu'il les voyait sur des posters ou dans des magazines il voulait les rayer car elles lui rappelaient la différence entre un corps riche et un corps pauvre.

C'était probablement le bon moment pour retourner en rampant au salon funéraire. Jimmie devait sortir de sa torpeur et partager ce refuge avec sa mère – se comporter comme de bons renards dans leur terrier – car autrement sa pauvreté l'entraînerait vers le fond. Un corps vous appartient en vérité aussi longtemps que vous pouvez vous permettre de payer pour des dents et une peau nettes, des membres souples et un sang propre. Mais une fois que vous devez vous fier à des systèmes extérieurs à votre corps pour pouvoir le maintenir, des systèmes qui sont au-delà de votre contrôle et de votre porte-monnaie, alors il devient un objet remplaçable, partagé avec tant d'autres. Jimmie avait peur de ces mécanismes et du corps qu'il n'aurait bientôt plus les moyens de s'offrir.

Fixant le message d'Elin, il pensait à sa grand-mère et à sa mauvaise vue qu'elle avait toujours refusé de traiter et qui signifiait qu'elle ne pouvait pas vraiment voir ni son corps ni celui des autres, ni la direction d'un couteau électrique. Pendant de nombreuses années avant sa mort elle fut incapable de voir ses imperfections grandissantes, les lignes que l'âge traçait partout sur son corps, les veines qui explosaient en dessous de sa peau. Les os qui semblaient pousser l'un sur l'autre et défier son anatomie. Elle aurait pu les palper si elle avait voulu mais Jimmie savait que ses doigts avaient appris à ne pas se fier aux tentations de sa peau et qu'elle voyait tout réchauffement de son souffle comme un signe de maladie. Impossible de voir cette abeille avec ses yeux. Elle avait eu l'air tellement satisfaite dans ce cercueil réfrigéré qui pompait l'équivalent de plusieurs mois d'énergie, comme si elle avait conclu un accord secret avec l'abeille pour que celle-ci lui prodigue la piqûre fatale et que ses proches étaient tous tombés dans son petit jeu stupide. Comme si elle avait choisi de mourir en un dimanche de juin ensoleillé. Il enviait sa confiance dans le corps robuste qui était le sien et espérait qu'il serait bientôt dispensé, lui aussi, de devoir se faire face dans le miroir. Qu'il pourrait simplement compter sur les autres pour trouver une histoire qui serait préférable à tout ce qu'il avait jamais eu entre les doigts. Que les mots seraient plus grands que ce qu'il en était venu à voir comme sa situation.

Jimmie soupira. Maintenant qu'il se savait privé de nourriture il criait famine, tandis que l'irascible homme de ménage portugais à la clef magique du distributeur restait introuvable et que, comme toujours, Jimmie n'avait pas de monnaie. Cette fois Elin avait triomphé de la gourmandise de Jimmie et celui-ci pouvait l'imaginer avec deux petits derrières de chaton roses dansant sur ses épaules, riant de sa misérable défense.

« Dis-lui d'aller se faire foutre. Les boulettes c'est pour les chiens. »

Il rangea son téléphone. Dans le silence pesant de ce vendredi soir, il pouvait entendre le battement de son cœur telle une baleine qui aurait dérivé loin de ses proches. Seul avec les fluctuations d'un esprit en pleine lutte interne, Jimmie sentait ses craintes s'épandre comme des monstres sortant du placard d'un enfant, conquérant ses sens les uns après les autres. Incapable de se cacher derrière d'autres corps et leurs bruits, il se mit à compter les heures avant de pouvoir partir, et les douces mélodies de sa jungle mentale devraient bientôt se replier et laisser place aux sensations d'un monde partagé avec les autres. Il fut presque reconnaissant de voir le bouton rouge clignoter à nouveau et les démons dansants revenir illuminer l'obscurité intérieure.

Variation

Il avait une voix comme de la barbe à papa – rose et sucrée. Jimmie inspira profondément. Il la sentait jouer avec ses narines, cette chaleur qui l'emplissait soudain de l'intérieur. Une promesse de béatitude qui détendait ses traits. Il y avait une main, aussi, qui tenait la sienne tandis qu'il attendait que la barbe à papa vienne entourer le bâtonnet en bois. Une main qui avait sorti quelques pièces et payé la dame derrière la machine, une main qui le faisait se sentir petit et protégé. Comme s'il avait encore des dents qui repousseraient et des doigts qu'il pouvait lécher en public. Comme si la vie sentait vraiment le sucre qui fond.

« Bonsoir. Mon nom est Jimmie. Comment puis-je vous aider ?

— Il doit être vraiment tard pour vous.

— Ne vous inquiétez pas, monsieur. J'ai l'habitude de faire le service de nuit.

— Appelez-moi Alex.

— Bien sûr. Alex.

— Rappelez-moi votre nom ? J'ai toujours du mal à m'en souvenir du premier coup.

— Jimmie. Mon nom est Jimmie.

— C'est mignon. Jimmie. C'est l'abréviation de quelque chose ?

— Non, ma mère trouvait que ça sonnait bien. C'est un peu ridicule. Un nom que d'autres gens donneraient à un caniche.

— Pas du tout. C'est très bien comme nom – votre mère a très bien fait.

— Merci, c'est très aimable.

— Vous devez beaucoup l'aimer.

— Ce n'est pas toujours facile. »

Jimmie aimait son rire, épais et chaleureux.

« Qu'est-ce qui est difficile chez elle ?

— Tout. Elle est italienne. Elle est dépressive. Elle m'a fait perdre mon chat et mon travail. La liste est assez longue et plutôt impardonnable.

— Vous êtes italien ?

— En quelque sorte. On a emménagé à Londres quand j'étais jeune.

— Mais ?

— C'est vrai que j'ai les cheveux, mais je ne suis pas sûr pour le reste.

— Tous uniques, tous différents, je suppose.

— Oui. Et parfois j'ai l'impression que je pourrais être n'importe quoi et je crains que la réalité ne m'échappe. Travailler avec les morts était tellement plus facile.

— Vous avez dit "les morts" ?

— Oui, je travaillais en tant qu'acteur pour des pompes funèbres. Mais quand l'autre femme se faisait porter pâle – et elle l'a fait un paquet de fois – j'aidais aussi M. Nobes à préparer les défunts pour leurs derniers moments.

— Est-ce que cela ne faisait pas peur ?

— On s'y habitue très rapidement. Et croyez-moi, c'est bien plus effrayant de traiter les réclamations de gens qui sont vivants plutôt que de mettre un peu de maquillage sur un cadavre sympathique. »

Alex gloussa encore et, à en juger par le son de sa voix, Jimmie imagina les poils grisonnants qui poussaient sur son torse. Qui se levaient et se baissaient avec seulement un océan entre Alex et lui.

« C'est le boulot que vous avez perdu à cause de votre mère ? »

Jimmie fit une pause pour réfléchir.

« Est-ce que vos parents vous faisaient parfois faire des choses que vous ne vouliez pas ?

— Tout le temps.

— Ma mère a toujours été indifférente, jusqu'à récemment. J'ai mis un moment à comprendre que nous essayions simplement tous les deux d'être heureux. Que ce n'était peut-être pas entièrement sa faute lorsque les choses devenaient incontrôlables au travail.

— Au salon funéraire ?

— J'ai toujours essayé d'inventer une nouvelle histoire autour de chaque cadavre, sauf qu'un jour M. Nobes n'a pas voulu que je sois le fils du jumeau séparé à la naissance. Il voulait que je sois la sœur.

— Il vous a demandé de vous travestir ?

— J'ai dû voler une des robes de ma mère. »

Jimmie avait dû enfiler la plus grande robe qu'il avait trouvée dans son placard, celle qu'elle avait portée dans les dernières semaines de sa grossesse. Fidèle à son éternelle tristesse, même cette robe-là était noire. Pourtant Jimmie se sentait davantage protégé par elle qu'il ne l'avait jamais été par sa mère et il resta là un moment, enfin proche de la femme dont il savait si peu. Son ventre remplissait désormais le tissu qu'il avait autrefois habité, à la différence près qu'il ne se battait plus contre sa mère pour cet espace-là et qu'il coiffait même ses boucles pour qu'elles ressemblent aux siennes. Émergeant de ce monde caché sous les draps de sa mère, il décida même d'utiliser son vernis à ongles noir et une touche de son parfum – inhalant l'odeur qui, l'espace d'un instant, lui donnait l'impression qu'ils faisaient cela ensemble dans un endroit où tous deux avaient leur place.

« M. Nobes a dit qu'il fallait pouvoir offrir plus de variété à ses clients et que cela ne devrait pas être difficile pour quelqu'un comme moi. Je parie que c'était lié à l'arrivée de ma mère dans sa vie – elle trouve toujours un moyen d'entrer dans la tête des gens.

— Est-ce qu'elle est méchante ?

— Elle est comme un de ces animaux dont vous pensez qu'ils sont lents mais qui sont en réalité hyper rapides. Comme une tortue, ou un sanglier. Juste plus jolie. »

Alex riait.

« Désolé. Continuez. J'ai pris un verre de vin au déjeuner, je suis un peu pompette.

— Au moins vous avez déjeuné.

— Pas vous ?

— Ma collègue suédoise a donné mon repas à une SDF pour me pousser à être moins –

— Rondelet ?

— Gros. Soyons honnêtes. Je sais que vous ne pouvez pas me voir mais pourquoi le cacher ?

— Je suis assez vieux pour flirter les yeux fermés. »

Jimmie aimait cet inconnu.

« Bref. Parlez-moi donc de cette mystérieuse mère-tortue-sanglier. »

Il était arrivé tôt au travail ce jour-là. Il n'avait pas la capacité qu'avait sa mère à dormir malgré ses ennuis. Sa tristesse n'avait jamais fait office de berceuse, pas plus que les histoires qui poussaient en lui comme du lierre. Il se demandait souvent ce qui se passait entre ces draps lorsqu'elle avait les yeux ouverts.

« Nobes m'avait donné les clefs du salon funéraire peu de temps avant et cela m'aidait parfois de rester un moment assis avec les morts. Cela rendait mes performances plus convaincantes, les histoires que je racontais à leur sujet avaient l'air plus réelles. Comme si nous nous étions véritablement connus.

— Je rêve de savoir quelle histoire vous auriez racontée à propos de moi.

— Je n'ai jamais traversé l'océan pour un enterrement.

— À vrai dire je n'habite plus aux États-Unis. Je n'y suis que pour les affaires.

— Mais vous ne me faites pas l'impression d'un immigré solitaire. Vous n'avez pas l'air coincé dans un endroit dont vous auriez oublié comment partir.

— Ces cadavres vous ont beaucoup appris, n'est-ce pas ?

— Plus que les vivants.

— Et de qui s'agissait-il le jour où vous avez essayé la robe de votre mère ?

— D'un Italien. Antonio. Plutôt bel homme. Cela aurait pu être un proxénète napolitain.

— Bel homme comme un papa ?

— Je ne sais pas trop. Je n'ai jamais rencontré mon père mais quand je me suis retrouvé assis à côté de lui » – Jimmie rougit en se rappelant le corps du défunt – « je me suis effectivement dit que mon père aurait pu lui ressembler. La moustache et ces mains devenues rugueuses après des années de travail dans une cuisine ou dans un champ.

— Est-ce que cela vous a excité ?

— Il était mort.

— Cela ne répond pas à ma question, Jimmie.

— C'est contraire à la loi.

— De craquer pour un papa ?

— De baiser un cadavre.

— C'est aussi assez compliqué, je suppose. Les choses peuvent devenir un peu raides.

— Cela dépend depuis combien de temps ils sont morts. Les gens ici ne sont pas très rapides pour enterrer leurs proches – à Londres il faut même faire la queue pour sa propre tombe. À moins que ce soit un truc juif ou musulman, les corps sont souvent mous au moment où on leur met le maquillage.

— J'adore les enterrements juifs. Presque plus que leurs mariages.

— Je n'ai jamais été à un mariage juif.

— Vous devriez. On s'amuse tellement. Il n'y a rien de tel qu'un Juif sur une piste de danse. Vous n'avez pas d'amis juifs ?

— Si.

— Mais ?

— Il est déjà marié.

— Je suis désolé.

— Ce n'est pas grave. Je suppose que je ne suis pas vraiment bon à marier. Pas très doué pour combler les espoirs des tatas.

— Je doute que quiconque le soit. Ou peut-être est-ce parce que je n'ai jamais essayé – ça a toujours été les tontons pour moi.

— Merci.

— De quoi ?

— Vous êtes très gentil. Vous n'avez pas la moindre idée de ce à quoi ressemblent mes conversations d'habitude.

— Je ne suis pas un gars très habituel.

— Et je ne vous ai même pas demandé quelle était votre urgence.

— C'est parce que nous étions occupés à discuter des vôtres. Il semblerait que vous en ayez beaucoup.

— Je suis italien. Les urgences sont un mode de vie pour nous. Mais quelle est la vôtre ? »

Alex soupira. Jimmie imagina ses doigts jouer nerveusement avec le crayon qu'il avait trouvé sur sa table de chevet. La barbe à baba était désormais légèrement plus sombre, plus lourde – comme si elle avait été forcée à venir au monde par un jour de pluie.

« C'est une urgence sans fin, si vous voulez. Ça fait juste trop longtemps.

— Que ?

— Vous aviez raison tout à l'heure ; j'ai effectivement des amis et tout ça. J'ai des verres et des dîners et des spectacles mais je n'ai personne avec qui être moins seul. Et maintenant c'est devenu une habitude bête à chaque fois que je voyage, et c'est peut-être pour ça que je voyage autant.

— D'appeler des numéros d'urgence ? C'est peut-être ça que fait ma mère depuis toutes ces années…

— Mais je ne suis pas très bon pour inventer des histoires. Je n'ai pas été entraîné par les morts.

— Pourquoi n'essayez-vous pas une appli de rencontres à la place ?

— C'est toujours tellement évident, ce que vous cherchez et n'arrivez pas à trouver. Et je n'ai jamais surmonté la peur de toutes les choses qui pourraient mal tourner.

— La peur d'être blessé ?

— Je suis allé à trop d'enterrements dans les années 1980 et 90 – nos corps ont dû supporter tellement de tristesse. Ce n'est pas juste que je sois encore là alors qu'eux sont tous partis. Donc quand les choses commencent à devenir intimes, je sors courir un peu. »

Jimmie pensa au virus dont on leur avait parlé à l'école, qui avait étonnamment réussi à passer des animaux au sang humain. Il se dit que le virus était devenu une malédiction permettant à toutes sortes de gens d'affirmer que les corps des Autres étaient des corps malades. Qu'ils ne véhiculaient pas seulement la honte mais aussi la maladie. Il avait posé sur eux le sceau de la différence, de la laideur, de quelque chose que même une infirmière ne saurait toucher. Il songea au peu qui avait été fait pour protéger les gens qui étaient venus avant lui et les campagnes frénétiques de promotion des préservatifs qui avaient illustré sa propre jeunesse. À la crainte qu'ils avaient essayé d'instiller et à la tristesse qu'il éprouvait désormais en songeant à ces posters, comme s'il y avait une connexion formée entre les individus et à travers les âges par le virus et sa descendance. Non seulement par ce virus tristement célèbre qui voyageait souvent par le biais du plaisir des gens, mais par toutes les maladies qui s'étaient déplacées d'un corps à l'autre à travers les siècles pour former des communautés par-delà les familles, les frontières ou les religions. Il y avait quelque chose qui les liait, qui brisait les lignes qu'on avait tracées entre tous ces cœurs qui battaient. Ces choses-là n'étaient pas nées toutes seules. Rien ne l'était. Riches ou pauvres, tous ces corps étaient nés sans solitude.

« C'est tout ce qui vous fait peur ?

— Ça ne suffit pas ?

— On doit tous mourir de quelque chose, même si vous ne voulez plus jamais baiser personne.

— Vous êtes terrible, Jimmie. Vous avez passé trop de temps avec les morts.

— N'est-ce pas notre cas à tous les deux ? »

Ils se turent un instant.

« Peut-être n'aimons-nous pas être vus.

— Vous êtes gros vous aussi ?

— Ce n'est pas cela.

— Je me disais aussi. À la voix vous semblez être quelqu'un d'assez attirant, quelqu'un qui se maintient en forme.

— J'ai l'impression que vous lisez les lignes de ma main.

— Je serai gentil.

— Qu'entendez-vous d'autre dans ma voix ?

— Quelque chose qui me dit que vous n'êtes pas à l'aise dans votre pantalon.

— Vous chauffez. Continuez. »

Jimmie pouvait l'entendre changer de position : de petits mouvements pour s'accueillir l'un l'autre. Il appréciait la sensation de son érection qui effleurait le tissu de son caleçon, la chaleur qui se propageait entre ses jambes, laissant son souffle les porter à travers ce premier silence.

« Bien. Dites-moi ce que vous voyez, Jimmie.

— Je vois vos mains. Vos doigts délicats. Je les sens qui jouent avec mes lèvres, pleines et douces, elles veulent sucer vos doigts. Je veux que vous étaliez mon rouge à lèvres sur ma bouche et je veux vous sucer les doigts, Alex. Je veux les sucer jusqu'à ce que vous soyez mouillé. Je veux –

— Soyez gentil Jimmie. Prenez-moi comme une fille.

— Allongez-vous, Alex. Allongez-vous sur le dos et laissez-moi vous embrasser le cou et sentir votre peau délicate. Laissez-moi la goûter, la mordre. La sucer. Laissez-moi vous sucer les tétons et les sentir durcir. Sentir votre peau avec la mienne. Embrasser tout votre corps, vos courbes. Je vous veux Alex, je veux goûter votre ventre et les os de vos hanches. Je veux ouvrir vos jambes et jouer avec ce qui s'y trouve. Puis-je ouvrir vos jambes, Alex ?

— Oui, Jimmie. Oui.

— Sentez-vous ma tête entre vos jambes ? Mes cheveux qui touchent votre peau ?

— Oui.

— Sentez-vous ma langue qui vous lèche doucement ?

— Oui. Continuez.

— Ma langue est chaude et humide et ma main se dirige vers votre point sensible. Sentez-vous mes autres doigts qui vous pénètrent ? Je suis à l'intérieur de vous, Alex. C'est si bon d'être à l'intérieur de vous. Et à présent je veux vous sucer, Alex. Puis-je vous sucer ?

— Oui. Oh, oui.

— Je vais laisser mes doigts à l'intérieur de vous, pour que vous vous sentiez complet. Comme si vous explosiez. Et maintenant je vous suce Alex. Je masse ce petit espace entre vos trous avec mon autre main pour que vous puissiez me sentir partout. Mes doigts bougent de plus en plus vite à l'intérieur de vous, ils rentrent puis ils sortent et maintenant je vous suce, vos lèvres sont pleines et gonflées. Je vous goûte puis je vais plus profond encore. Je vous absorbe tout entier. Je saisis vos fesses Alex et vous prenez mes cheveux et me poussez plus profondément. Vous mettez vos jambes autour de moi et je vous suce fort. Ma salive coule le long de votre chatte.

— J'y suis presque.

— Je veux que vous jouissiez pour moi, Alex. Je veux goûter votre sperme. Jouissez pour moi, jouissez dans ma bouche. Je veux vous avaler.

Soyez une gentille fille, Alex. Laissez-moi goûter votre sperme. »

Jimmie ferma les yeux et s'aperçut que leurs bruits et leurs mouvements s'étaient synchronisés. Il touchait ses lèvres et suçait son doigt avant de sentir culminer sa propre faiblesse. Il n'arrivait jamais à se rappeler la profonde contraction qui précédait le moment ultime, comme cet instant juste avant de s'endormir. Changer brusquement d'un état à l'autre tout en restant dans le même corps – immobile mais contemplant un nouvel ensemble d'étoiles. Soudain une nouvelle source de lumière.

« Est-ce que tout va bien ?

— De quelle couleur sont vos yeux, Jimmie ?

— Marron. Mais pas du genre très excitant et très sombre – plus comme un marron pâle. Comme le genre de boue funeste, liquide, qui accompagne les catastrophes naturelles. On ne peut pas vraiment voir son reflet dans mes yeux. Et les vôtres ?

— Ils changent selon la lumière, mais je crois qu'ils sont plutôt gris. »

Jimmie pouvait les imaginer. Un gris que l'on trouve dans le ciel juste après que le soleil a disparu. Les derniers morceaux de nuages avant que la véritable obscurité s'installe, avant que la nuit prenne le pas.

« Je suis sûr qu'ils sont magnifiques. Tout comme votre voix.

— Est-ce que vous travaillez toujours sur ce créneau, Jimmie ?

— La plupart du temps, oui. J'essaye de me libérer de ma mère autant que possible.

— Votre mère. On n'a jamais fini l'histoire de votre mère.

— Je doute que quiconque en soit capable.

— Je suis désolé, je n'ai pas été aussi excité depuis très longtemps et à présent je pique un peu du nez.

— Vous devriez vous reposer.

— Puis-je vous rappeler ?

— Demandez simplement Jimmie.

— Et vous promettez que vous me raconterez l'histoire de votre mère la prochaine fois ?

— C'est promis.

— Merci, Jimmie.

— Dormez bien, Alex.

— Vous avez été formidable. »

L'histoire de sa mère. Une histoire comme beaucoup d'autres, quelque chose qui amuserait un inconnu mais qui ne transpercerait pas son propre cœur. Peut-être aurait-il dû être heureux pour elle, tout comme il l'était pour Alex et pour toutes ces autres vieilles personnes en quête d'orgasme qui parvenaient à trouver quelque soulagement. C'était de sa faute à lui aussi. S'il avait appris à mieux s'occuper de ses déjeuners, il n'aurait pas été obligé de lui demander de le lui apporter le jour où elle avait rencontré M. Nobes, quelques semaines à peine avant que la vie de Jimmie soit bouleversée. Et elle n'aurait pas eu à quitter la cave obscure qu'était sa chambre à coucher comme une créature qui aurait oublié de mettre un terme à son hibernation. Et M. Nobes et elle n'auraient pas décelé l'un chez l'autre quelque chose que lui-même ne pouvait voir chez aucun d'entre eux. Deux peaux avides de réconfort.

Peu de temps après il était arrivé de bonne heure au travail avec l'impression que le monde était ouvert et doux, comme s'il pouvait fléchir aux confins de ce qu'on appelle la réalité. C'était son premier enterrement italien chez M. Nobes. Un homme, italien donc. Ils ne faisaient jamais long feu, comme si la vie agréable qui les attendait à la naissance finissait par être submergée par le genre de souffrance qui bloquait leurs veines et leurs poumons : leurs propres cellules se retournaient alors contre tout ce plaisir et attaquaient leurs organes vitaux telle une armée de déserteurs délirant sous la peur et la faim. Mettant en lambeaux ce qu'aucun regret ne serait capable de réparer. Jimmie s'était senti nerveux ce jour-là, lissant le tissu de sa large robe pour patienter. C'était pendant ces semaines-là que M. Nobes avait commencé à arriver en retard, qu'il avait dévié des habitudes qui l'avaient défini jusque-là. Jimmie était seul avec un homme mort autrefois appelé Antonio et désormais allongé dans l'un des cercueils milieu de gamme de M. Nobes – du vrai bois mais de la fausse soie. Quelque part entre une vie qui méritait d'être vécue et une abomination. Un acte de migration qui aurait mal tourné. Or, en observant les poils immobiles de sa moustache, Jimmie oublia comment se comporter. Le visage d'Antonio n'avait même pas encore été touché par cet âge sublime auquel il n'importe plus de savoir si vous aviez un jour été homme ou femme, garçon ou fille. Antonio était encore assez jeune pour que tout le monde vît qu'il avait une bite, qu'il pouvait être un fils, un père ou un amant – et Jimmie avait de la peine pour lui. Il percevait les limites et les confins auxquels Antonio n'avait même probablement jamais songé. Il ne pouvait pas le laisser partir comme cela – un immigré italien qui avait à coup sûr travaillé en tant que chef ou serveur et n'avait jamais appris à prononcer les mots « *juice* » et « *earthquake* ». Loin de chez lui, Antonio avait besoin d'un dernier moyen de transgression, quelque chose qui le réconcilierait avec le déclin prématuré de son cœur. Avec son absence de famille. Sa mère avait toujours dit à Jimmie que les morts avaient une certaine dignité, qu'il était péché de troubler leur repos. Mais Jimmie savait également que la dignité était une malédiction – une contrainte – et il finit par considérer son geste comme un acte de bienveillance. Il se voyait comme l'une des célèbres catins de Jésus, prenant soin d'un corps qui avait été promis aux portes du paradis. Il pouvait encore sentir l'odeur de la crème d'embaumement qui avait été appliquée avec tant de générosité dans les pores de sa peau et, pour être tout à fait honnête, il s'en rappelait aussi le goût. Jimmie préférait ne pas laisser tous ses sens se remémorer ce jour-là bien qu'il eût développé après coup de l'affection pour Antonio, pour le sourire qui semblait s'être élargi sur le visage du défunt. Il savait qu'il avait probablement commis un crime lorsqu'il s'était penché pour se rapprocher d'Antonio, qu'il était une créature déchue avec peu d'espoir de rédemption ; pourtant, alors qu'il recherchait la sérénité de la peau de cet autre, sans risque ni crainte d'être jugé, sans la notion qu'une famille se jouait en vérité comme une pièce de théâtre – lorsqu'il tendit la main vers le membre viril d'Antonio et qu'il poussa sa chemise colorée, le sang dans ses oreilles battant comme s'il pouvait presque entendre un autre cœur, il comprit pour la première fois cette intimité silencieuse de la peau qui ne se raccrochait plus aux mystères d'un corps entièrement formé. Il pouvait aller sans crainte à sa rencontre, certain que la peau n'a pas besoin de couvrir votre chair pour qu'elle vous appartienne. C'était ce qu'aurait pu être l'amour.

Jimmie saisit ensuite un cheveu de la houppe d'Antonio et le rangea dans son portefeuille derrière la photo de sa mère. À chaque fois qu'il les regardait tous les deux, coincés l'un avec l'autre dans cette union secrète, Jimmie était envahi par le sentiment d'appartenance à une famille.

Il pouvait encore ressentir cette peur de la découverte avec laquelle il s'était penché au-dessus du cercueil, qui contenait son premier Italien, alors qu'il essayait de tout remettre en place. Ses mains tremblaient trop pour qu'il puisse fermer le dernier bouton, et il sentit soudain la présence de Nobes qui se tenait derrière lui. Il percevait toujours la vulnérabilité des vêtements féminins qui recouvraient son corps et entendait encore le nom de sa mère murmuré dans cet accent anglais infernal qui façonnait chaque voyelle comme si votre langue était sur le point de mourir.

« Il est sûrement temps de te le dire – j'adore sentir le parfum de Maria avant de commencer la journée... »

Si, quelques semaines plus tôt, elle était restée dans sa chambre, si elle ne lui avait pas apporté son déjeuner, s'il n'avait pas eu son obsession pour les pâtes froides – Jimmie n'aurait pas crié ni renversé M. Nobes avec sa forte carrure avant même que l'homme et sa myopie ne s'aperçoivent qu'il y avait quelques boutons ouverts à l'intérieur du cercueil. Si sa mère était restée chez elle ce jour-là il n'aurait pas eu à remonter la rue en courant dans des chaussures qui ne lui allaient pas, avec le sentiment d'avoir à nouveau perdu un foyer. Et peut-être n'aurait-il pas eu à se trimballer dans des toilettes orange pour trouver un peu d'intimité faute de pouvoir penser à autre chose qu'à la sensation de la merde coulant le long de ses jambes fraîchement rasées.

Jimmie s'aperçut tout à coup qu'il n'était plus seul ; il roula un peu vers l'avant avec sa chaise afin de pouvoir essuyer les vestiges de son excitation.

« C'est quoi votre nom déjà ?

— Pardon ?

— Votre nom. J'oublie toujours comment vous vous appelez. »

L'irascible homme de ménage portugais tenait à nouveau l'aspirateur comme un bâton de kendo et Jimmie était ravi d'avoir au moins pensé à fermer sa braguette. Il ne lui avait jamais demandé son nom mais ce n'était pas important.

« Jimmie. Je m'appelle Jimmie.

— Écoutez, Jimmie. J'ai eu une urgence aujourd'hui. C'est ma femme, elle est malade. Vous ne m'avez jamais vu arriver en retard, compris ? »

Il s'apprêtait à protester et demander un chocolat chaud en retour mais il resta silencieux lorsqu'il remarqua qu'il avait laissé une tache impressionnante sur le clavier de Wolf.

« Ok. De toute façon je traitais moi-même une urgence.

— Pourquoi ça vous rend si joyeux ?

— Joyeux ?

— Vous souriez. Qu'est-ce qui peut bien donner à sourire dans ce trou à rats ?

— Rien. Désolé. Je suis juste fatigué, j'ai perdu le contrôle de mes traits. »

Jimmie savait qu'il risquait d'être battu à mort à l'aide d'un aspirateur défectueux mais sa joie était particulièrement têtue.

« Je n'ai rien mangé de la journée. Je me sens un peu faible.

— Je pense que ça ne vous fera pas de mal. »

Il partit, traînant derrière lui l'aspirateur abhorré en direction du distributeur. Jimmie continuait de sourire, heureux même de l'irascible homme de ménage et de ses menaces à peine voilées. Il avait probablement le mot « HAINE » tatoué sur la queue mais ce soir-là Jimmie le trouvait attendrissant et éprouvait de l'affection pour les rêves qu'il devait avoir eus autrefois, avant d'arriver sur cette île. C'était le genre d'empathie que vous ressentez envers les gens avant de leur dire au revoir. Jimmie comprit soudain qu'il n'aurait plus à revenir, qu'Alex l'avait libéré car même sa meilleure histoire ne suffirait pas à empêcher son licenciement immédiat pour avoir transformé leur précieux service client en une cabine téléphonique dotée de faux seins et de vagins imaginaires. Il n'ignorait pas que les appels d'urgence étaient particulièrement prisés dans le cadre des formations et que le fait de jouir d'un *wonderfuck* au travail ne faisait clairement pas partie des instructions. Il estimait qu'il avait bien fait mais il savait qu'il devrait à nouveau retourner dans les profondeurs de la mer et y attendre que les vagues laissent passer un rare rayon de soleil. Qu'une nouvelle catastrophe mette les gens à genoux et les empêche de laisser leur trace partout sur le globe. Plus d'intrus venant fouler le sol des forêts tropicales ni de vestiges de pilules et d'euphorie étrangères dans l'eau qui coule à travers toutes les villes, les animaux, les plantes et les cœurs.

Jimmie attendrait. Il penserait à Alex, l'inconnu aux yeux gris qui avait fait de lui l'amant qu'il ne serait jamais, un fantasme qui avait brièvement arpenté la terre et qui lui avait permis, l'espace d'un instant, de croire que les corps n'étaient pas réels. Qui l'avait fait dériver vers une autre galaxie et lui avait appris que l'amour ne se réduit pas à un seul cœur, qu'il y a de la magie dans toutes les migrations et que la liberté est un luxe.

Et alors Jimmie décida de se lever et de s'en aller sans revoir l'agent d'entretien. Il éteignit son ordinateur, retira le casque poisseux et rassembla ses affaires – prêt pour le bus de nuit, cet aquarium aux créatures étranges qui ne se parlent pas mais n'en finissent pas de contempler les formes et les bruits les uns des autres. Son corps sur le point d'être emporté dans la nuit. À être déplacé sans qu'il n'ordonne le moindre mouvement, presque contre son gré.

Sous la lumière faible du bus, il ouvrit enfin le mot de Wolf. C'était la bite qu'il avait dessinée plus tôt dans son carnet.

« Je ne sais pas pour les Italiens, Jimmie, mais à partir d'un certain âge les Allemands ont des poils sur leurs testicules. Permets-moi donc de corriger ton œuvre. »

Il s'appuya contre la fenêtre, les yeux posés sur les poils pubiens mal dessinés – les branches des arbres balayant le toit du bus comme des inconnus demandant de l'aide – et il se sentait presque prêt à admettre que Wolf allait lui manquer.

REMERCIEMENTS

Joachim pour les falafels, les donjons et tout ce qu'un auteur peut espérer.

Olivier d'avoir continué à permettre que tout cela prenne vie.

Heidi pour son courage et sa détermination.

Chris, Gabriela, Maxence et Anna d'avoir fait des merveilles.

Nicky pour la promenade à Hyde Park.

La fée Miriam d'avoir sauvé la mise.

Jane pour la glace sous mes pieds.

Fabio de m'avoir laissée apprendre de lui.

Andrée, Marta, Diletta, Luca et toute l'équipe du Teatro Franco Parenti d'avoir réalisé un miracle.

Camille pour tout ce qui nous attend.

Laurence de s'être révélée l'amie des chiens.

T d'être ma femme.

Sam d'être plus strass que garce.

Stephen pour toute la joie qu'il apporte dans nos vies.

Peter de s'occuper de nous.

RL de rendre les choses vivables.

Adam de m'avoir laissée lire *Ulysse*.

Florian pour nos *sitzungen*.

Michael et Valentín de me faire me sentir comme chez moi à Paris.

Richard d'être notre Berlin Daddy.

Milena pour nos petits déjeuners en robe de chambre.

Katrin d'avoir été ma copine de centre d'appel.

Derya pour le chocolat chaud.

Marya d'avoir partagé le rêve de cinq jours de silence.

Rémi pour le café que nous boirons un jour.

Matthew de revenir de temps en temps à Londres.

Sergey de me garder saine d'esprit.

Myshkin d'être le meilleur des petits cons.

Mes parents de ne pas m'avoir reniée.

Maurizio de partager sa vie avec moi.

Cet ouvrage a été achevé d'imprimer sur Roto-Page
par l'Imprimerie Floch à Mayenne
pour le compte des Éditions Grasset
en décembre 2023.

Mise en pages
PCA 44400 Rezé

PAPIER CERTIFIÉ

N° d'édition : 23012 – N° d'impression : 103739
Dépôt légal : janvier 2024
Imprimé en France